マネー・イズ・エブリシング

金中毒人生

あなたの会社も狙われている!?

いずみ 源
IZUMI Gen

文芸社

目次

※この物語は事実を元にしたフィクションです。登場する人物・団体・地名・名称等は架空であり、実在のものとは関係ありません。

金中毒人生

マネー・イズ・エブリシング
あなたの会社も狙われている⁉

プロローグ　昼下がりの会議室

「……お願いがあります。孫にだけは話さないでください」
宮澤さゆりはやっと聞こえるようなか細い声でそう言うと、テーブルに置かれたバッグを開けてピンクのレースのハンカチを取り出し、そっと目頭を押さえた。

――東京都立川市にある株式会社テックビジョンの会議室。

二〇二〇年十月、秋晴れの午後の柔らかな陽が差し込む窓の外には橋脚の上を多摩都市モノレールが走り、時折シルバーとオレンジのツートンカラーの車両が軽快な音を立てて通り過ぎていく。

室内には八人掛けの細長いテーブルを挟んで、窓に背を向けてさゆりが、向かい合うように二人の男女が座っている。三人とも顔にはマスクをしている。

和気藹々とした雰囲気からは程遠く、この部屋だけ時間の流れが遅いのではないかと思えるほど重い空気が流れていた。

「すみません……本当にすみません」

さゆりは俯(うつむ)いたまま何度も言うと、肩を大きく震わせた。この時、彼女の年齢は六十歳と少しだが、背中を丸めた姿は年齢以上に老いて見えた。

「それでは宮澤さん、やったことをすべて認めるんですね」

正面に座った社長の竹内誠(たけうちまこと)が落ち着いた声でそう告げると、さゆりは口ごもった。

「あ、はい……いや、でもぉ……」

さゆりがどうにも歯切れの悪い答えをすると、今度は竹内の隣に座る常務の篠原祥子(しのはらしょうこ)が口を開いた。

「でも、って何ですか？　証拠はたくさんあります。否定しても無駄ですよ！　しっかり調べましたから」

その言葉を聞いたさゆりは、握りしめたハンカチで涙を拭うようなしぐさを見せた。

窓から差し込むオレンジ色の光を背にして、さゆりの肩が小刻みに揺れた。その時、ちょうどビルの横をモノレールが通り過ぎ、車体の影が会社の窓を横切っていった。

逆光でさゆりの顔は暗くなっていて、向かい側に座っている竹内と篠原には、彼女の表情がいま一つはっきりとは見えなかった。

「宮澤さん、ハンカチ濡れてないわよ。本当に泣いてるの？」

篠原が当てずっぽうで言い放った。

「そんなことないですぅ～。泣いてますよぉ。ほんとにごめんなさい、ごめんなさい。許してください……」

さゆりはそう言って、嘘はついてないとばかりに鼻水をすするようなわざとらしい音を立てて、今度はハンカチで鼻を拭った。

「私、辞めることになるんでしょうか？　私だってこの会社の創業時からの社員です。篠原さんより長いんです。テックビジョンにはとっても愛着があるんですよ」

その言葉を聞いて、竹内と篠原は思わず顔を見合わせた。

この期に及んで会社を辞めたくないというさゆりの図太い神経には二人とも驚くしかなかった。特に竹内に至っては、これほど常識がない人間と創業以来約二十年間、一緒に仕事をしてきたことが信じられなかったし、同時にそんな自分を不甲斐ないと思った。

これだけの悪事を働いておいて、〝会社に愛着がある〟なんて、いったいどの口が言うのかと呆れるしかなかった。

ここに至って竹内誠は確信した。彼女を雇うと決めた二十年近く前に下した自分の判断は、大きな、大きな間違いであったことを……。

第一章　仮面を被った女

宮澤さゆりという一人の中年女性がいったい何をしたのか？

それをこれから語るのだが、読み進むに連れてこんな感想を持たれるかもしれない。

〝こんな女性が世の中に本当にいるの？〟

――そう思われる方もいらっしゃることだろう。

しかし、この物語の元になっているのは現実にこの日本で起きた事件であることをまずは伝えておきたい。宮澤さゆりのような女性は現実にいるのだ。その意味でこの物語は完全なフィクションではなく、核心部分はリアルに起きたことなのである。

あなたの会社にも、もしかしたら宮澤さゆりのような女性、いや、必ずしも女性とは限らない、こんな人間がすぐ隣の席に座っているかもしれないということを頭の片隅に入れておいて、これから起こる出来事を体験していただきたい。

――会議室でのひと幕から、遡（さかのぼ）ること十九年と七か月前の二〇〇一年三月九日。

激動の二十世紀が終わり、新たに二十一世紀が始まって三か月が過ぎた頃のある日、竹内誠は新宿から特急あずさに乗って山梨・甲府駅の一番線ホームに降り立った。駅からはタクシーに乗り、十分ほど走ったところにある寺院に到着した。

カレンダーの上では春でも、三月の甲府はまだまだ寒く、スーツの上に薄手のコートを着て来て良かったと思う竹内であった。

来訪の目的は、以前から仕事で度々世話になっている人物の息子が自動車事故で命を落とし、その葬儀に参列するためである。

山門の前でタクシーを降りた竹内は、一息ついて軽く周囲を見回した。おそらくあとひと月もすれば両脇の桜が満開で美しいであろう参道に足を進めた。

参道には故人を偲(しの)ぶ花輪がずらりと並んでいた。その数からも、故人の家が地元でどれだけの権力を誇っているかが易々と想像できた。

本堂脇に置かれた受付で記名し、香典を渡すと本堂に上がるよう促された。

本堂内には貫禄のある男たちとその家族が多数両脇に座っていた。

竹内は左右に丁寧に挨拶をして、前の参列者に続いて歩を進めた。住職がお経を朗々と読み上げる声が響いていた。

竹内は祭壇の前に立つと、再び両脇に座る人々に頭を下げた。

祭壇に向かって右側の端には、喪主である亡くなった息子の妻らしき女性と二人の幼い子供たちが神妙な面持ちで座っており、その横には恰幅のいい老人と、隣に妻であろう華奢で品のいい老婦人が座っていた。

その恰幅のいい老人こそが飯塚徳三郎である。亡くなった長男・啓一の妻らしき女性は下を向き、ハンカチで鼻を押さえていた。まだ小学校にも入ってないであろう男の子とその妹らしき女の子は、何が起こったのかよくわからないまま静かに座っていた。

そして、その隣には四十代らしい小柄で清楚な女性、その夫らしい疲れた感じの中年男性が座っており、その隣にも親族らしき人たちが座っていた。

竹内は彼女の表情が何となく気になった。心ここにあらずというか、祭壇を見るでもなく、周囲を見るでもなく、早くここから立ち去りたい気持ちがうかがえるような、どこか遠い眼をしていた。

厳しい表情の徳三郎と目が合い、竹内は再び頭を下げた。地元山梨の電気設備業界の顔役で、甲府市の隣町・W町の町長も務め上げた、いぶし銀の貫禄が表情ににじみ出ていた。徳三郎も竹内と目が合うと軽く頷いた。

竹内は粛々と腰を下ろして祭壇を見上げると、亡くなった啓一の写真と目が合った。いかつい父親とはあまり似ておらず、柔和で穏やかそうな顔をしていた。

＊

焼香を済ませた竹内は、そのまま控室でひと休みすることにした。そこには旧知の仕事仲間や、取引先の社長ら見知った顔が多少いた。テーブルの上には寿司や小料理の皿、ビールや日本酒の瓶が並んでおり、みな神妙な面持ちで寿司をつまんだり、ビールが注がれたコップを手に談笑をしていた。

竹内が室内を見回していると、右手のテーブルから呼ぶ声がした。

「お、竹内君、久し振りだね」

「ああ、秋津(あきつ)さん、お久しぶりです。すっかりご無沙汰してしまって申し訳ありません。お元気でしたか?」

竹内はそう言いながら、ちょうど空いていた秋津鉄也(てつや)の斜め前の席に座った。

同じテーブルには竹内の知らない顔が並んでおり、秋津は竹内を彼らに紹介した。

秋津は竹内が若い頃から世話になっている運送会社の創業者で、もう三十年以上の付き合いになる。今も会長として現役で現場に立っていると少し前に聞いた。小柄だが筋肉質で、赤ら顔をしたバイタリティー溢れる人物であり、大らかな性格かつ、とても面倒見が良いので周囲からも好かれていた。

「もういい歳だからね、あちこちボロボロだ〜。昨年は心不全の手術をしたよ」

「そうでしたか！　何も知らずに失礼しました。でも、ほんと元気そうですね」

「ああ、全然心配ないよ。かえって前より元気になったよ。ハハハ」

　秋津はそう言って豪快に笑った。

「そうそう。竹内君、今度、会社を興すんだって。浦和の柳沢（やなぎさわ）さんから聞いたよ」

「さすがですね、秋津さん、情報が早い」

「君は優秀だし、人当たりもいいから、絶対成功するよ。で、いつ頃の予定？」

「いえいえ、そんな。かいかぶりですよ……まあ、年内には立ち上げたいと思っているんです。でも、技術者や営業を手伝ってくれる人間はいるんですけれど、経理をやってくれる人間がなかなか見つからなくて。仕方ないから自分で簿記を勉強するしかないかなんて思っているんですけれど……。秋津さん、誰かいい人知りませんかねえ」

「そうか、分かった。会社の経理は信頼できる人間でないと任せられないからな。微力ながら、俺も探してみるよ」

「本当ですか？　微力なんてご謙遜を。でも、それは本当にありがたいです。いつもお世話になってばかりで申し訳ありません」

　竹内は頭を下げた。

「いやいや、別にいいから。さ、コップ、コップ。啓一君に献杯しようじゃないか」

　竹内が差し出したコップに秋津がビールを注ぎ、みんなで献杯をした。

「ところで、亡くなられた啓一さんは、徳三郎さんの後を継いでいたんですか？」

竹内が訊ねると、秋津の隣に座るW町の役場勤務だという大山が答えた。

「そうなんです。徳三郎さんが会長になって、啓一さんは専務から社長になったんですけれど、徳三郎さんがああいう人だからね。けっこうストレスも溜まっていて、酒ばっかり飲んでました。最期も結局、アルコールが完全に抜けないまま車で仕事に行ってね……。センターラインをはみ出してきた対向車を避けようとして電柱にぶつかったというんだな。本当に残念ですよ」

「まだ四十代半ばでしょう？　会社はどうするんですか」

竹内が口を開くと秋津が答えた。

「娘のさゆりさんの旦那か、次男の浩司君だろうね。浩司君はまだ二十代後半で、会社入って半年だし、さゆりさんの旦那の和夫さんは全然違う業種だからね。聞くところによると近いうちに入社するそうだが、すぐ後継ぎというわけにはいかないだろうな」

「そうですか。どこの会社でも二代目への継承は難しいですよね。ましてや突然の事故で二代目が亡くなるなんて、誰も予想してませんからね」

竹内はそう言ってビールを飲み干した……。

＊

それから一か月ほど経った四月中旬のことである――。

満開の桜も散り時を迎えようとしていた頃、青梅(おうめ)街道を車で走っていた竹内の携帯電話に一本の着信があった。表示された相手は秋津だった。今と違い、スマートフォンではなく二つ折りのガラケーの時代である。

竹内は後続車両を注意深く見ながら徐行して車を路肩に停め、カチャッと携帯電話を開いて話し始めた。

「あ、竹内君、こんにちは」

「秋津さん、先日はどうも……」

「あのさ、こないだの葬式の時に言ってた新会社の経理を探しているって話なんだけどさ、その後、見つかった？」

「それがまだ見つからないんですよ。なかなか探す時間もなくて……」

「そうか、それは良かった。徳三郎さんの娘さんいるでしょ、こないだも話に出たけど、さゆりさん。彼女、昔、金融機関で働いていてて、前の会社でも経理やってたんだって。どうだろうって徳三郎さんが言うんだよ。一度会ってみてくれないかな？」

「あ、ほんとですか、それは助かります。……そしたらどうしましょう？　僕のほうから電話してみてもいいですか？」

「うん。そうしてくれると助かるよ」

「いつも本当にありがとうございます。今度、ゴルフと温泉でもお誘いしますね」

「ああ、温泉ゴルフいいね、楽しみにしてるよ。じゃあ」

秋津はそう言って電話を切った。

〝徳三郎さんの娘さんなら身許も問題ないし、大丈夫だろう。これは助かったな〟

新会社設立のさまざまな懸案事項のクリアに追われる中、竹内はようやくかねてよりの懸案事項のひとつが解決できそうな展開に一安心した。


約二週間後のある日、竹内は山梨県W町にある飯塚徳三郎の家を訪ねていた。門から母屋の玄関まで二十メートルはあろうかという大邸宅で、途中の駐車場にはメルセデスベンツとBMWの高級車が二台と、カーキ色の大きなジープが停まっていた。それを見て竹内は、思わず大きなため息をついた。

竹内が応接室に通されてソファで待っていると、徳三郎が現れた。

「ああ、わざわざ来てくれてすまんね。頼み事したのはこっちなのに」

「いえいえ、そんなことないです。啓一さんのことは本当にご愁傷さまでした」

「期待しておったのに、ほんと馬鹿な奴だ。でも、いなくなってみると寂しいもんだな。子供ってのは親より先に死んじゃいかんよ」

徳三郎はそう言って悲しい顔を見せた。厳しい言葉の裏にも、どこか愛情と後悔が感じられた。

　その直後、コーヒーカップを三つとお茶菓子を載せたお盆を手に、一人の女性が現れた。三月の葬儀の際に親族の席に座っていた女性だった。

　彼女は「どうぞ！」と言ってコーヒーカップとお茶菓子を竹内の前と徳三郎の前に置き、自らもソファに座った。そして、小脇に抱えていた赤い色の透明なクリアファイルをテーブルに置いた。

「竹内君、こいつが娘のさゆりだ。結婚して苗字は宮澤だ」

　徳三郎に促されて、さゆりが口を開いた。

「初めまして、宮澤さゆりです。本来でしたら、私のほうからお伺いしなければいけないところ、わざわざ山梨までお越しいただきありがとうございます。早速ですが、こちらが私の履歴書になります」

　さゆりはそう言うと、クリアファイルから履歴書を取り出し、竹内の前に置いて頭を下げた。改めて見ると、髪の毛はショートカットで、鼻筋が通って目鼻立ちのくっきりした顔をしており、どことなく宝塚の男役女優を思わせるような風貌だった。

「ありがとうございます。履歴書までご用意いただくとはご丁寧に恐れ入ります。徳三郎さんのお嬢さんでしたら身許は安心ですし、私も経理をやってくれる人を探すのに苦労してましたから、願ってもないことです。ぜひとも、よろしくお願いします」

「いやいや、竹内君、親しき仲にも何とやらで、一緒に働くとなれば職歴は重要だろう。しっかり精査してくれたまえよ」

徳三郎は満面の笑みで応えて、竹内にも促すようにしてコーヒーカップに口をつけた。竹内もコーヒーを飲み、さゆりが差し出した履歴書を手に取ると話を続けた。

「まあ、読んでもらえば分かると思うが、東京の大学を出てから十年近く証券会社でお金の計算もしているし、前の会社でも経理をやっていたから大丈夫だろう、ハハハ」

「ぜひとも、ご協力願えればと思います」

履歴書に目を通すと、徳三郎が話したとおりの内容が書いてあった。

「今は八王子にお住まいなんですね。それは良かった。と言いますのは、今のところ、事務所は立川に置く予定なんですよ」

「そうなんですか。家から近いので助かりますわ。私、こう見えて運がいいんですの」

さゆりはそう言って笑みを見せた。

「ぜひその良運を、私の会社にも分けてほしいですね」

竹内もつられて笑った。

「一つだけ伺ってもいいですか？　確か、ご主人も徳三郎さんの会社で働くようになるんですよね。さゆりさんは働かなくてもいいのではないですか？」

「私、働くのが好きなんです。夫は以前、八王子の会社に勤めていたんで八王子に家を買ったのですが、辞めて父の会社に入ることになって、今はこの家に住んでいます。でも、私は会社で責任ある立場にもなっていまして辞めたくなかったのでそのまま娘と残りました。まあ、その会社も結局、いろいろあって辞めてしまいました……」

「なるほど、分かりました。八王子と立川でしたら近いですし、最初はいろいろ大変かと思いますが、何卒、よろしくお願いします」

竹内が頭を下げると、徳三郎が、「おいおい、そんな簡単に決めていいのか。会社のお金を任せるんだぞ」と慌てて口をはさんだ。

「あ、そうですね」

竹内がそう言って苦笑しながら頭をかいた。

「じゃあ、俺は少し席を外すから、しっかり面接してくれ」

徳三郎はそう言って部屋から出ていった。


「あの～竹内さん、先日の兄の葬儀にも来ていらっしゃいましたよね」

徳三郎がいなくなると、さゆりが口を開いた。竹内が「はい」と答えると、

「私、あの時の竹内さんを見て、何となくお兄様っぽいなと思ったんですよ。で、今日、実際に話してみたら雰囲気がやっぱり似てますわ。だから、父も竹内さんを贔屓(ひいき)にしているんじゃ

ないかしら。私、お兄様のことが大好きだったんですの」

「そうなんですか。僕は結局、ちゃんとお会いしたことありませんでした」

竹内は、さゆりの〝お兄様〟という表現に一瞬、違和感を持った。しかも、先日の葬儀の際も兄の死をあまり嘆いていないような感じだったのを思い出した。

「そうなんですか。お兄様は責任感が強い人でしたからね。父の時代は会社も順調でしたから何でもうまくいったけれど、今はそういう時代じゃないでしょう。お兄様は父の期待に応えるために頑張りすぎたんだと思います……」

「そうだったんですか……ごめんなさい、話を戻しますけれど、経歴を読ませていただく限り問題はありません。ぜひ、総務関係と経理の帳簿づけをお願いしたいと思います」

さゆりへの多少の違和感よりも、ようやく経理候補者が見つかった喜びのほうが勝って、竹内はすぐその違和感を忘れてしまった。

「そのあたりは以前の会社でもやっていましたから大丈夫です」

「分かりました。それでは、近いうちに詳細を詰めたいと思いますので、改めて……今度は立川あたりで打ち合わせをお願いします。じゃあ、今日はこれで失礼いたします」

竹内はおもむろに立ち上がって頭を下げ、庭でゴルフクラブを振っていた徳三郎に丁寧に礼を言って飯塚家を後にした――。

＊

それから約五か月が過ぎた十月一日――。

国内では〝小泉旋風〟を巻き起こした衆議院議員の小泉純一郎が総理大臣となり、構造改革を旗印にさまざまな改革を行い、内閣支持率も八十パーセント前後を維持して戦後の内閣として歴代一位の数字となっていた。

一方、海の向こう、アメリカでは死者約三千人を出し、米国史上最悪のテロ事件となったニューヨークの世界貿易センタービル二棟が崩壊した同時多発テロが起きてから一か月も経たないことから、世界はまだまだ落ち着きを取り戻していなかった。

騒然としたスタートとなった二十一世紀の幕開けの年に、竹内が社長を務める電気設備関係および技術系人材派遣会社「テックビジョン」が、立川駅の北口から五、六分、立川市立図書館からすぐのオフィスビルの五階に産声を上げた。

社名のテックビジョンは、竹内のＴＡＫＥと似た発音ということでテック、未来を見据えるビジョンということから竹内がつけた名前だった。竹内と、竹内の夢に賛同してくれた旧知の若手三名、そして、さゆりの五人が創業メンバーとなった。

彼ら以外にもテックビジョンには登録している電設工事や技術関係の派遣社員がたくさんお

り、みんな派遣先の企業で額に汗して働いていた。

肩書は社長の竹内以下、さゆりが経理・総務担当専務、若手の中でも最年長で竹内とも長い付き合いの神山涼介（かみやまりょうすけ）が営業部長である。

役割分担としては、竹内は社長業と新規開拓の営業、そして若い三人は電設関係業務および営業の他、実働部隊を派遣する人材の管理統轄を手掛け、さゆりが経理および社会保険など総務関係の処理を行うというものだった。

そして、竹内はテックビジョンの印鑑・通帳・キャッシュカードなどをさゆりにすべて預けていたのである。このことが後に大問題の火種となるのも知らずに……。

*

竹内とさゆり以外の社員は二十〜三十代後半と年齢が若く、しかも竹内自身は会社を留守にすることが多かった。それゆえ、さゆりに能力があるとないとにかかわらず、年長で専務であることから、竹内の留守中の会社を預かるナンバーツー的な立場になっていったのは当然と言えば当然の流れであった。

四十代後半で働き盛りの竹内は、派遣先の開拓や他社への出向など新規の契約を増やすため、日々、営業に追われていた。他にも、仕事に必要な資格も取りながら、なおかつ他社の役員も頼まれて相談事にも対応していた。

また、二十代の頃からの夢であった新しいシステムを開発しようと、少しでも時間があれば社外のシステムエンジニアたちと激論を交わしていた。

竹内は毎週月曜の朝九時の朝礼を済ませると、早々に会社を出て取引先を飛び回っていたのである。結果として帳簿のチェックなど社長業にかける時間が削られ、普段の総務、経理業務は専務のさゆりに任せきっていた。


テックビジョンにおけるそうした立場が、さゆりの意識を勘違いさせ、自分はナンバーツーだ、金庫番だという奢（おご）った気持ちを助長させていったのかもしれない。

確かにさゆりは商業簿記一級の資格を持ち、金融機関に勤めていた過去もあり、収支計算や帳簿のつけ方は一通りできた。時には札束をシャーッと広げ、両手で勢いよく枚数を計算する姿を神山らに見せつけ、さも自分は経理の腕があるようにも見せていた。

——が、結局のところ、さゆりは、それ以上でも以下でもなかった。

総務および経理の社員が複数いる会社であれば、一人の経理員として任された仕事をこなしている分には問題ない。しかし、総務および経理部門のトップである、ナンバーツーであるという立場が、社長の竹内が留守がちなテックビジョンがまるで自分の会社であるかのような勘違いを呼び起こし、次第にいびつな感情をさゆりにもたらした。

社員が徐々に増えていくにつれて、自分のやることに文句がある社員には、どこか敵対するような行動を取るようになっていったのである。

もちろん、それは竹内が会社を留守にした時に限っての行為であったので、その点に関しては意識的に行動していたのは間違いない。竹内が会社にいる時は、実に控えめに総務・経理部員として仕事をしている素振りを見せていた。

社長の竹内の脳裏には、いつまで経っても二度目の対面でのさゆりのしっかりした対応がインプットされたままだった。まさか、そんな彼女がいつしか公私を混同した身勝手な言動を取るようになっていたとは思いも寄らなかったのである。

そのため、竹内のさゆりへの対応が、この後も常に後手、後手に回ってしまう原因ともなったのであった――。

第二章　不穏な予兆

二〇〇二年の春が来て桜の季節も過ぎ、立川市にある国営昭和記念公園のチューリップ畑が満開を迎える初夏には、テックビジョンも創業から半年以上が経った。

社員も増えて十人を超え、竹内社長以下、ようやく落ち着いて仕事に励むことができるようになった……のだが、その一方で、さゆりの言動はますます増長していった。

その最初のターゲットになったのが営業部長の神山である。

若手社員の中で年齢的に一番上の神山は、とりわけ正義感の強い性格であった。中島健司（なかじまけんじ）、大泉倫太郎（おおいずみりんたろう）ら若手社員の兄貴分的性格でもあり、しかも、竹内とは以前の会社で先輩後輩の間柄であったことから、社員たちの意見を代弁するかのようにさゆりとは真正面から対峙（たいじ）していた。

請求書の処理が遅い、支払いを忘れていることがある、出張手当の額が間違っているなど……専務のさゆりに対して臆することなく物申すことが次第に多くなっていった。

「宮澤専務、先日の請求書の件、処理はまだですか？　昨日、先方に小言言われました」

「中島君から、こないだの取引の手形が落ちないと先方が文句を言ってきたと聞いたんですが、どうなってます？」

「宮澤専務、先月の出張手当が給料明細に入ってないんですけれど……」

——などと言った感じで、何度もさゆりに確認を迫ることがあった。

他の社員の分までまとめて神山がさゆりに訴えるため、神山はいつしか苦情係のようになっていった。そんな時、決まってさゆりはこう言った。

「神山くーん、ごめんなさいね。忘れてたわぁ。すぐにやるから許してね」

そして、最後に必ず一言付け加える。

「お願いだから社長には言わないでね。言ったらナンバーツーから降ろされちゃう」

四十歳を超えた女性が言うような言葉とは思えないセリフを吐いて、同情を買うのがさゆりのやり方だった。神山自身も、さゆりのそうした言動は、二十年以上も会社勤めの経験がある女性の口から出てくる言葉と思うことはできなかった。

〝よく、こんなやり方で専務の仕事が務まるもんだな〟

心の中では腹が立っていたが、年上でナンバーツーの専務とあって、神山もそれ以上強く言うことはできなかった。

毎月、そんなやりとりの繰り返しだった……が、それにも限度があるというものだ。

ある時、ついに神山の堪忍袋の緒が切れた。

「宮澤専務、もう我慢できません。いつもすぐやる、すぐやるって言って、結局、いつまで経ってもやらないし、同じことの繰り返しじゃないですか。あなたそれでも専務ですか？　自覚ありますか？　今度、社長に直訴しますから」

〝社長に直訴する〟という言葉を聞いた瞬間、さゆりの顔色が変わった。それまでとは打って変わって険しい表情を見せた。が、その直後、〝しまった〟という顔をして、いつものさゆりの表情が戻った。それは、もしかしたら会社では見せないようにしていたさゆりの素顔だったのかもしれない……。

「あなた、金庫番の私に本当にそんなこと言えるの！　この間の領収書、経費に認めてあげたけれど、あれ、本当に接待なのかしらぁ」

その言葉を聞いた神山は怪訝（けげん）そうな顔をした。

「宮澤専務が大丈夫っていうから精算してもらったんですけど、問題なんですか？」

「あの時は大丈夫って言ったけど、よくよく考えると額がちょっと大きいわよねぇ」

形勢逆転、追い込まれたのは神山という形になった。

取引先との新しい案件の契約が取れそうなので、少しだけ値の張る料亭に連れていったのだ。タイミングが合わず、社長の許可をもらうことはできなかったので、不安になって、こっそりさゆりに相談したところ、「大丈夫よ。会社のためですもんね。安心して……」と言われて胸を撫で下ろしたのだった。

まさか、それを蒸し返されるとは神山は思いもしなかった。

「わ、分かりました。今日のことは忘れてください……でも、次からは早くしてくださいね、絶対ですよ」

「大丈夫よぉ、神山君」

さゆりがそう言うと神山は去っていった。誰もいなくなると、さゆりはつぶやいた。

〝ほんと、余計なことしないでほしいものだわぁ〟


竹内が関西に出張していたある日のことである。

中島がさゆりのところに、取引先のA社の請求書を持ってきた。それを受け取ったさゆりは、ひと目見るなり激昂した。

「中島君！　あなたこれハンコを押す場所が違うでしょう。何度言ったら分かるの！」

気の弱い中島は、すっかり恐縮してしまった。

さゆりが差し戻した請求書を手に取り、「すみません、やり直します」と小さな声で言って自分の席に戻った。

二人の様子を見ていた神山と大泉は目を合わせ、〝またか〟という感じでお互いにため息をついた。時折、さゆりはこうして自分の権威を見せつけるのである。

その直後、さゆりは「じゃあ、銀行行ってくるね」と楽しそうに言って、事務所を出ていった。どうやらM銀行にはさゆりのお気に入りの銀行マンがいるらしい。いつも、さゆりは何かと理由をつけていろいろな銀行に出かけていった。

「専務って、社長がいない時に限って大声を出しますよね。まるで自分の立場を僕たちに見せつけているみたいに」

そう言ったのは大泉である。

「別に僕らにとっては宮澤専務がナンバーツーでもナンバースリーでも、どうでもいいんですけどね。経理の処理さえちゃんとやってくれれば」

「ほんとそのとおりだよな。さ、仕事しようぜ！」

愚痴る大泉を、神山が先輩らしくなだめた。

そうかと思うと、機嫌が良い時には彼らに「おやつ食べる？」と言って、チョコレートやクッキーなどお菓子を配ってくれることもあった。

普段は若手にお茶を出させているさゆりも、そんな時は自ら在社している社員にお茶を出して、「社長もいないんだから、今日はのんびり休みなさい。少しくらい休んだほうが仕事がはかどるでしょう」などと気楽なことを言っていた。

さゆりが休暇を取って旅行に行ってきた翌日など、その土地、その土地のお土産(みやげ)を竹内以下社員や、事務手続きのために会社に来ていた派遣社員にも出していた。それも一種類で終わらず、旅行の間に回ったらしい数か所の土地の名物を、二、三種類買ってくるのであった。さらに言えば、旅行はさゆりの趣味であり、西は京都や神戸、九州、北は岩手、宮城、北海道……と、決まって年に何回かは旅行に行っていた。

そして、旅行を終えて出社した日の午後は、前述したように社員にお茶を出して土産物の品評会が始まってしまう。

「社長、お茶淹れますねぇ」

竹内が会社にいる時は、さゆり自身がお茶を淹れる素振りも見せた。だが、日本茶を飲まない竹内は、いつも自分でお気に入りのコーヒーを飲んでいた。

「あ、これ、噂(うわさ)にたがわず美味(おい)しいわね。また買ってきましょう」

「これ今一つね。一番人気が美味しいとは限らないのよね」

……などと、そんな時はさゆりの独壇場であった。

忙しい社員にとっては辟易(へきえき)する煩わしい時間でもあったが、お陰で社員たちは、自分が旅行に行かずとも、知らず知らず地方の名物に詳しくなるほどであった。

さゆりはデパートの地下売り場も好きなようで、時折、立川駅前の高級百貨店でいろいろなスイーツやパンなどを買ってきた。一個千円以上するような季節のケーキや高級食パン、ナッツやチョコの入った菓子パンなどが大好きだった。

それを一個や二個ではなく、十個くらい買ってきて社員にあげるのだ。

さゆりは「これ美味しいわ～」などと言って食べ、社員にも「さ、召し上がって！」と満面の笑みで勧める。

もちろん、社員たちは当然、さゆりがポケットマネーで購入したと思っていた。

中でも、さゆりと席が近い大泉は、竹内が出張に出ていて在社していない時などは格好の話し相手にされていた。

「大泉君、最近、彼女とはどんな感じ？」

「彼女？　彼女いるって、何で知っているんですか！」

「あら、当たったのね！　大泉君、背も高いし、よく見るとイケメンだもんね。彼女の一人や二人くらいいるわよね」

そう言ってさゆりは笑った。

「いやいや、一人ですよ、一人。一人で十分です」

「まあ、彼女もお金も、多いに越したことはないわよ、フッフッフッ。でもね、女性を絶対に泣かせちゃだめよ、それだけは肝に銘じてね。女性を泣かせたら絶対に罰が当たるからね」と言ってさゆりは大泉を厳しい眼で見た。

〝いったい何を言っているんだろう？　過去に何かあったんだろうか〟

大泉は思わずそんなことを考えた。

「それにしても竹内社長って恰好良いわよね。どこかちょいワルって雰囲気もあって」

さゆりはそう言って、突然、話の矛先を変えた。

「そうですね。取引先からも評判が良いですよ。仕事ができるイケメンって」

「大泉君、これは内緒の話なんだけど、実は社長と私、兄妹(きょうだい)なのよ」

「え！　ほんとですか！」

驚いた大泉は大声を上げた。他の社員はほぼ出かけており気にする人間はいなかった。

「ダメよ！　大きな声出しちゃ！　フッフッフッ」

さゆりは口の前で人差し指を立てて、〝シーッ〟という仕草をした。

「兄妹というのは嘘だけど、あのね、昨年、私のお兄様が死んだのだけれど、私、竹内社長ってお兄様の生まれ変わりじゃないかと思うのよ」

さゆりの言葉に、大泉は怪訝そうな顔をした。〝お兄様〟という言葉もそうだが、生まれ変わりと言われて心の中でザワザワとした気味の悪い感情が湧き上がった。

「生まれ変わりって。専務のお兄さんが亡くなられて生まれ変わったのだったら、まだ一歳じゃないですか。おかしいですよ」

「それはそうよ。そんなはずないじゃない、バカね。私が言いたいのは、それくらい似ているってことよ。多分だけど、お兄様の魂がきっと社長を見守っているんだわ」

そう言ってさゆりは遠くを見る目をした。

「だってねぇ、そっくりなのよ。外見よりも仕草や言葉遣いが。だから私、お兄様と一緒に仕事をしているみたいで楽しいのよ。ほら、よくあるでしょう。家族経営で兄が社長で、妹が経理をやっているみたいな……」

「昭和のドラマみたいですね、そういうの」

大泉はそこまで聞いて、やっぱりおかしいと思ったのか、口ではそう言いながらも、露骨に〝この人、もしかしてヤバい人なんじゃないか〟という目でさゆりを見た。しかし、さゆりはそんな大泉の表情を気に留めることはなかった。

「……じゃあ、僕、外回りに行ってきます」

大泉はそれ以上関わりたくないとばかりに鞄(かばん)を持って席を立ち、部屋を出ていった。

＊

さゆりのナンバーツー的な振る舞いはその後も変わらず、竹内が出張で留守の際など、さゆりは文字どおりの重役出勤で出勤時間は朝の十時、しかも、終業時刻の五時より前の四時を過ぎた頃にはそそくさと帰ってしまうという日々が続いていた。

就業時間中も我が物顔で振る舞い、社員には威圧的に接することが多い一方で、社外の取引先、あるいは会計士や税理士にはうまく懐に取り入って手なずけてしまう。

会計士にしても税理士にしても、さゆりより年上の男性である。そうなると、さゆりは女性であるということを十二分に利用して、味方にしてしまうのだ。

期末、年度末の処理などもギリギリで税理士のところに書類を持ち込み、「××さん、遅くなってごめんなさいねぇ。お願い、特急でやってね」と笑顔で頼むのである。

還暦を過ぎた税理士は「ほんと、さゆりちゃん、勘弁してよ〜。次はもっと早く持ってきてね」と許してしまい、常に〝特急〟で処理する展開になっていた。

そして、そんな時、さゆりが決まって利用するのが立川駅南口の繁華街にある高級寿司店であった。もとから寿司が大好物だったさゆりは、ある時、竹内の接待に同行して以来、この店が大好きになってしまった。

税理士や会計士と会う時には先方の事務所には行かず、打ち合わせと称してその寿司店を利用していた。また、その店はランチタイムには千三百円から千五百円という低価格で握り寿司とちらし寿司を提供しており、さゆりはほぼ毎日のように通っていた。

「私、洋食より絶対、和食だわ。特に寿司には目がないのよぉ。回転寿司もね」

というのが口癖であった。

もちろん、竹内には知られないように、店主には、同席者のいないところで「社長には黙っていてね」と必ず念を押していた。

もう一つ、さゆりが目がないのがゴルフであった。いつから始めたのか竹内は知らなかったが、ハンディは18とようやく中級になりかけた程度であるのに、クラブやキャディーバッグなどすべてハイブランドで、かなりお金をかけているようだった。

接待ゴルフなどでもちょうどいいタイミングで「ナイスショット！」と、笑顔で大声を出し、同じグループの年配者の気分を上げさせる点ではそつがなかった。そのため、竹内も取引先のゴルフコンペには積極的にさゆりを参加させたのである。

それは当然、取引先の社長や会長ら重鎮からの密かなリクエストを断り切れないという理由もあってのことだった。

おそらく、ゴルフウエアも短めのスカートだったり、ぴっちりしたパンツルックであったりするのが、竹内の知らないところで、高齢の男性にとって目の保養になっていたことは否めない。そういう意味では、どこでそんな手練手管を覚えたのかは知らないが、さゆりが年上の男性を手玉に取ることに長(た)けていたのは間違いなかった。

コンペではないが、竹内が秋津との約束を果たそうと創業から半年後の春に秋津をゴルフに誘った際も、さゆりはご機嫌でやってきた。ホワイトとピンクのゴルフウエア……もちろん、ミニスカートに白いハイソックスだった……で、秋津も満面の笑みを見せた。

「秋津さんのお陰で仕事が決まりましたのよぉ。本当に感謝しておりますわ」

「そうかい。嬉しいなあ……。今日は頑張らないとな」

「ええ、頑張りましょう！」

そう言って秋津の肘に腕を回してルンルン気分でコースに出ていった。

――このように、年上の異性に対してさゆりは極めて〝外面〟は良かった。

しかし、一方で社内では、さゆりは相変わらず経費関係の手続きでは度々トラブルを繰り返し、若手社員の間には不満もあった。しかし、それはやはり竹内のところまでは届いていなかったのである。

第三章　賽は投げられた

こうして一年が過ぎ、二年が過ぎ……創業から無事に四年の月日が流れた。

テックビジョンは社内に大きな憂いの種らしき存在を抱えながらも、竹内の尽力と営業手腕、そして、神山以下の社員たちの頑張りもあって右肩上がりで成長を続けた。社員もさらに増えていき、二十人を超える規模となった。

そうなると事務所も手狭となってきて、ワンブロックだけ立川駅に近い場所にあるビルのワンフロアに引っ越すことになった。

それに伴って、さゆりにも専務用の社用車が与えられた。営業の社用車はトヨタのプリウスだったが、社長と専務には右ハンドルのレクサスが貸与された。竹内の社用車はホワイトだったが、さゆりはレッドになった。竹内は社用車に赤はどうかと思ったものの、赤は縁起がいいというさゆりに押し切られてしまった。

そんな二〇〇五年三月のある日、竹内がさゆりに出張を頼んだ。

「宮澤さん、今度、営業の安田(やすだ)君と名古屋のK社に行ってきてもらえますか。四月から新規のお客様なので、支払いの段取りを詰めてきてもらいたいんです。先方が午後遅い時間しか空いてなかったので、せっかくですから泊まってきていいですよ」

安田とは、半年前に中途採用で入社した安田敬太郎、群馬出身の三十二歳である。

半月後、名古屋で七時過ぎに取引先との打ち合わせを終えた二人は、栄に近いホテルに宿泊することになった。チェックインを済ませてエレベーターに乗ったあと、安田はボタンを押そうとさゆりに階数を聞いた。

「私は……えぇーと十一階ね」

「え、十一階ですか、最上階じゃないですか。僕は三階ですよ」

安田は階数のボタンを押し終えるとそう言った。

「私はナンバーツーよ。昨日今日入ったばかりの社員と同じフロアに泊まれるわけないじゃないのぉ。あ、社長には内緒にしてねぇ」

そう言って、口の前に人差し指を立てた。

その後、部屋に荷物を置いた安田は夕食を取りに近所のラーメン屋に行き、その帰りに近くのコンビニで缶ビールと缶チューハイ、つまみを買った。そして、部屋に戻るとテレビをつけ、缶ビールを飲みながら部屋においてあるホテルのガイドを見た。

そこには各階の間取りが載っていたのだが、そこに掲載されていた十一階の部屋の間取りに驚いた。高級ホテルのスイートルームとまではいかないが、十分な広さにダブルベッド、しかもトイレとバスルームもセパレートになっていた部屋だったからだ。

「出張で泊まるような部屋じゃないし。ウチってこんなに儲かってるのかよ⁉」

柿の種をポリポリ食べながら、安田はそうつぶやき、飲み終わったビールの缶を握りつぶしてゴミ箱に捨てた。

＊

翌日、朝食バイキングを食べている際、さゆりが行きたいところがあると言い出した。

「あのねぇ、私、御朱印を集めるのが趣味なの。それでぇ、東京に帰る前に熱田神宮に行ってみたいのよ」

突然の申し出に安田は驚いた。

「いや、早く帰りましょうよ。夕方に打ち合わせが入ってるんですよ」

「ええ～いいでしょう、少しくらい。だって、熱田神宮って名古屋最強のパワースポットなのよぉ？」

「僕、あんまり信じてないんですよ、そういうの」

「あらそう、でも、熱田神宮は縁結びの神様でもあるのよ！」

「えっ、縁結びですか！　それは俄然興味出てきましたよ」

独身で丸一年彼女なしの安田は、突如として前のめりになってさゆりの申し出を了承し、二人は熱田神宮に向かうことになった。

名鉄神宮前駅を出てすぐ、横断歩道を渡ると目の前にはうっそうとした森が広がり、大きな鳥居をくぐると参道が続いている。その先に立派な本宮が建っていた。

「ちゃんと縁結びを神様にお祈りするのよ〜」

「はい、分かりました！」

「お賽銭（さいせん）も硬貨じゃなくて、諭吉さんにしなさい。経費で落とせるからねっ」

さゆりの口から出た言葉に安田は驚いた。賽銭が経費？　意味が分からなかった。

「えっ！　何言っているんですか？　賽銭は経費じゃ落ちないでしょう」

「大丈夫よ〜。金庫番の私が言っているんだから」

「いやいや、さすがにそれはやめておきます」

「あら、そう。つまんないの。フッフッフッ」

さゆりはそう言って高級なハイブランドの財布をハンドバッグから取り出し、一万円札を一枚手に取って賽銭箱に入れて、お辞儀をして拝礼した。

安田は財布から一万円札を出そうとしたものの、思いとどまって千円札にしようとして、再び思いとどまり、結局、百円玉を取って賽銭箱に投げ入れて手を合わせた……。

本宮に参拝を終えると、さゆりはそのすぐ近くにある〝信長塀〟に向かった。

一五六〇年六月十二日の今川義元軍との桶狭間の戦いに出陣する前、織田信長は熱田神宮に勝利を祈願した。そして、戦に勝った後、お礼に奉納したのがこの塀であることから信長塀と呼ばれ、勝利を祈願しに訪れる人も多いという。

そんな由来を知る由もない安田は、さゆりがただの塀に手を合わせているのを不審そうに見ていた。さゆりが手を下げると安田が言った。

「宮澤さん、何で塀に向かってお祈りしてるんですか？」

「この塀に祈るとね、勝ち運がつくのよ！」

さゆりは信長塀の由来を安田に説明した。

「なるほど。でも、勝ち運って何のですか？　もしかしてギャンブルですか？」

さゆりは、ギャンブルという言葉に一瞬、顔を曇らせたが、すぐに笑い始めた。

「何言っているの〜。ギャンブルなんてやるわけないじゃない、フッフッフッ。じゃあ、私は御朱印をもらってくるわね」

社務所に向かうさゆりを見ながら、安田は、〝御朱印にも領収書もらったりするんだろうか〟などとつまらないことを考えていた。

「ま、いいか。それより早く会社に戻らないとな」

——安田はそうつぶやいた。

*

　別のある日、神山や安田ら数人の社員が居酒屋で飲んでいる際に、さゆりが会社を休んで旅行ばかりしているという話になった。

「三か月に一回くらいどっか行っているよなあ。いつもお土産持ってきてくれるのは嬉しいんだけどさ、旅行しすぎだって。ゴルフにもしょっちゅう行ってるみたいだし、よくお金あるよなあ」

　安田はぼやいた。

「宮澤専務の実家って、甲府のセレブらしいですよ」

　そう言ったのは大泉で、安田は〝セレブ〟という言葉に食いついた。

「へ〜宮澤さんちってお金持ちなの。てことは旦那さんは〝逆玉〟なのか、いいなあ」

　安田は遠い眼をした。

　しばらくすると、中島がこんなことを言った。

「……僕、実は府中本町の駅で何度か宮澤さんを見かけたことがあるんですよ」

　焼き鳥を食べていた安田がその話にも食いついた。

「うん？　駅で見かけたことが、なんかおかしいの。てか、何で府中本町？」

「いや、あそこに郷土の森博物館てあるでしょう。プラネタリウムがあるんで、子供連れてよく行くんですよ。ウチは車がないんで電車で府中本町駅で降りるんですけど、あそこって競馬がある日は競馬場口が開くでしょう。僕が宮澤さんを見るのは、いつもそっちなんですよ。それも会社で見るのとは全然違う派手な格好で小型犬を入れたカゴを持ってるし……。競馬場に向かう人の中では異色だからすぐ分かりましたよ」

中島はそう言うと、ビールのジョッキを手に取ってゴクリと飲んだ。

「競馬ぐらいやっていてもいいんじゃないの～」

大泉がそう茶化した。すると、安田が口を開いた。

「そりゃそうだけどさ。こないだ一緒に出張に行った時、ギャンブルはやらないって言ってたよ。だけど、それが怪しいんだよな……」

そう言って安田は、さっき話すのを忘れていた、勝負運がつくという熱田神宮の信長塀にさゆりが手を合わせていたこと、しかしギャンブルはやらないと否定したことを話した。すると、それまで黙っていた神山が身を乗り出した。

「ちょ、ちょっと待って、俺、多摩川競艇場で宮澤専務を見たかもしれない」

「えっ、神山君、ボートレースやるの！」

安田が口をはさんだ。

「いや、突っ込むとこ、そこじゃないだろ。ボートレースくらいいいだろう、っていうのは今は置いといて、多摩川競艇場の舟券売り場で一瞬、目が合った女性が似ているなあと思ったんだけど、あれ、宮澤専務だったのかもしれないな」

神山が納得するように頷くと、今度は安田が大泉を見て言った。

「大泉、お前、今度、宮澤さんに競馬やるのか聞いてみろよ」

安田が、会社では先輩にもかかわらず年下の大泉に茶化して話を振ると、大泉は「勘弁してくださいよ〜」と困った顔をした。


それから半年後のことであった――。

郷里の奈良で結婚式を挙げる社員がいて、社長の竹内と専務のさゆりが参列することになった。竹内は仕事の都合で結婚式当日の日曜朝に奈良入りとなったが、さゆりは何と金曜から休みを取って結婚式に参列するという。

「ちょうどいいから奈良観光してくるわ」

その話を聞いて神山ら中堅社員は驚いたが、そんなことはよくあることなので、〝いつものことか〟と、もはや呆れるしかなかった。

ただ、そんなさゆりの身勝手な仕事ぶりに竹内もさすがに気づいたのか、最近は普段の専務らしからぬ行動や経理の不手際をいつしか厳しい口調で叱るようになっていった。

「宮澤さん、×××はどうなっているんですか！」

「専務、経理の書類に間違いが多いですよ！」

「宮澤さん、税理士の△△さんが書類の提出が遅いと言ってましたよ」

――などと詰問されると、さゆりはすみませんとばかりに頭を下げる姿勢を見せ、「申し訳ありません。以降、気をつけます」と神妙な面持ちで言っていた。

だが、舌の根も乾かぬうちにさゆりは、「あ、サマージャンボ宝くじ、今日までだった！」などと言って、財布を持って意気揚々と会社を出ていくのだった。

*

テックビジョンも創業から六年を迎えると、社員は三十数人にまで増えていた。

ただし、そんな中でも竹内の胸の中には一つの疑念があった。

それは、利益が思った以上に上がっていないということであった。会社の成長を願って西へ東へ営業活動で獅子奮迅（ししふんじん）の活躍を見せていたものの、思うように利益が上がっていないような気がしていた。竹内のこれまでの経験からも、もう少しキャッシュフローに余裕があっていいはずなのに、思ったほどでもなかった。

もちろん、社員が増えて広い事務所に移れるくらいだからそれなりの利益は出ている。しかし、時折、経理の帳簿を見る度、この売上でこの利益は少ないのではないかと思うことが度々あった……。

人件費が減らない、残業がある、また、出向している人間の姿は普段見えないので、思ったよりも残業が多いのかもしれないなと竹内は思って納得することにした。

当然、監査役として税理士を雇ってはいるが、税理士からも不審な報告はなかった。

〝きっと、どこかにうちの弱みがあるのかもしれない。一度、宮澤専務と一緒にしっかり帳簿を見て確認しておかないといけないな〟

――そう思う竹内であった。

この時、もしもそれを実行していたら、あとに訪れるトラブルを避けることができたのだが、残念ながらそううまくはいかなかった。

疑念が生まれる一方で、竹内はかねてより構想していた夢の新プロジェクトを実行に移すべく尽力していた。まだまだ実現は遠い先のように思えたが、無理だと諦めてしまっては何もできない。一歩一歩、亀の歩みのようではあったが、夢が現実となるように、日々、努力を重ねていた。

＊

さて、第一次安倍晋三内閣が誕生して間もない二〇〇六年十月の頭、テックビジョンに一人の女性が入社した。それが篠原祥子である。

篠原は竹内が以前に働いていた会社の後輩で、実務能力に優れた人物であった。そこを見込んだ竹内が数年前から声をかけ続けていたのだが、ようやく篠原の仕事が一段落して首を縦に振ってくれたのだった。

　取締役としての入社でもあり、竹内も実務面における片腕として期待していた。

　毎週月曜の朝礼で、入社した篠原を紹介する際も「実務面を統轄してもらいたい」と社員に向けて話した。しかし、これが癪(しゃく)に障ったのが、さゆりである。

　市内のイタリアンレストランを貸し切って行われた篠原の歓迎会でも、さゆりの態度はあからさまに冷たかった。この時、さゆりと篠原が向かい合わせの席だったことも事態を悪化させた。

　乾杯のあと、運ばれてきたサラダやピザ、生ハムなどの料理を見て、

「私、イタリアン苦手なのぉ。何も食べるのないわぁ」

　さゆりは、前に座っていた篠原にも聞こえるようにつぶやいた。初対面の篠原があ然としてさゆりに目をやると、彼女は目をそらした。

　そして、小声でささやいた。それも篠原にしっかり聞こえるように……。

「早く終わらないかな～。大好きなお寿司が食べたいなぁ」

　当然、さゆりの隣に座っていた竹内にも聞こえないはずがない。

「宮澤さん、そんなこと言わないで。美味しいですよ。さ、食べましょう！」

そう言って自ら料理を小皿に取り分け、篠原とさゆりの前にそれぞれ置いた。

「社長、ありがとうございます」

篠原が恐縮してそう言ってフォークを手に取って料理を食べようとする一方で、さゆりは料理を気にも留めず、離れた方角にいた男性店員に声をかけた。

「あの～あなた、ちょっといいかしら。赤ワインいただけます？　フルボディで」

さゆりは料理にはほとんど手をつけることなく、時折、赤ワインを飲むだけだった。そんなさゆりを後目に会は盛り上がり、篠原は早くも社員と打ち解けていった。


その後も、とにかく、さゆりは篠原に冷たく当たるのだった。経費の精算は後回し、何か言われても聞こえないふりをするなど、あくまで無関心を貫いていた。

自分はテックビジョンのナンバーツーであり、金庫番であるというプライドからくる行動でもあったが、それは必ずしも篠原相手に限ったことではなく、自分の気に入らない社員への振る舞いとさほど変わらなかった。

人は誰しも成長するにつれて好き嫌いを表に出さないようにするものだが、さゆりはそれを一切隠すことなく、まるでわがままな子供がそのまま大人になってしまったかのように行動しているのだった。

社員が増えたことで今や隣席ではなくなった〝話し相手〟の大泉と話す際も、「篠原さんは私に冷たい」「自分がナンバーツーのつもりで会社を私物化している……」などと、自分がそれまでやってきたことはいっさい棚に上げて、篠原の振る舞いがいかにも会社の風紀を乱しているかのように愚痴っていた。

「大泉君もそう思うでしょう……ね、そうよね」などと同意を求めてきた。

その度に大泉は、「じゃあ、そろそろ外回りに行ってきます……」などと言って、さゆりの質問に答えることなく、その場を切り抜けるのだった。

さて、その頃、竹内の社用車が何度かパンクするというトラブルが相次いだ。

会社の駐車場を出ようとして、突然、パンクした時は竹内が応急処置をして業者に持ち込むことができたが、取引先に向かう途中の首都高でパンクした時は、路肩に寄せてロードサービスを呼んで対処したのである。

それまであまりパンクの経験がなかった竹内は、二回続いたことに不安が募った。

〝車のお祓（はら）いをしてくれる神社があるそうだし、今度、行ってみようか〟

――などと思ったのである。

第四章　顕在化した悪意

二〇〇七年に入ると、テックビジョンは多角化に舵を切り始めた——。

その一つが不動産仲介業である。竹内の知人が高齢で不動産業を引退するにあたって頼まれたのであった。ついては、宅地建物取引士の資格を持った人間が必要ということで、ハローワークで募集をかけることにした。

数人の応募があり、面接の結果、選ばれたのが四十代半ばの伊野田篤郎であった。

パリッとした三つ揃いの英国製スーツにピカピカのイタリア製の靴、スイス製の腕時計と一流アイテムに身を包み、なおかつ嫌味がなくて腰も低く、人当たりも良かった。まさにできる営業マンそのものといった感じで非の打ちどころのない人物だった。

一方で、立川市周辺は再開発計画が進んでいる区画や農地が宅地化されて戸建て住宅が売り出されるエリアも多く、また、オフィス物件の流動性も高く、市の人口も増えていることから不動産売買も盛んになってきていた。

竹内も不動産分野での収益増を願っていたのである。

もちろん、立川市は人口が多い一方でライバル業者の多い地域でもあるから、そう簡単に利益が出るものでもないという覚悟はしていた。

しかし、思った以上に利益は上がらなかった。

報告は逐一受けていた竹内だったが、忙しいこともあってなかなか報告書にしっかりと目を通すことができなかった。
一、二か月経つと、〝どうも成約している物件数に対して利益が少ないなあ〟と竹内は感じるようになっていた。
伊野田には、利益率を上げるようにと伝えたが、竹内は不動産業について詳しくないため、専門家の伊野田の説明を聞いて納得するしかなかったのである――。

＊

半年後、相変わらず低空飛行を続ける不動産部門について、竹内は真剣に先行きが不安になってきた。そこで、出張の合間にしっかり時間をかけて帳簿に目を通すことにした。

その結果、仲介料が異常に高いということが見えてきた。しかも、一つの売買物件に対して仲介者が複数いたのである。疑問に思った竹内が、仲介手数料について不動産業を引き取った知人に聞いてみると、速攻で返事があった。

「そんな馬鹿高いことがあるもんか！　絶対におかしいぞ、それは！」

翌日、竹内は慌てて伊野田を会議室に呼び出し、問い詰めた。

すると、仲介手数料は専務の承認を得ていると伊野田は答えた。確かに少し高いかもしれないが、しっかり承認をもらっているのだから、自分は、間違ったことはしていないという返事だった。

「ちゃんと宮澤専務のハンコをもらってますよ。どこがいけないんですか?」

そう伊野田はふてぶてしく答えた。

「しかし、それにしても常識というものがあるでしょう。その上、一つの物件に仲介料を払っている人間が三人もいるじゃないですか。これはどういうことですか?」

竹内は帳簿を見せながら伊野田を問い詰めた。

「見てのとおりですよ。それぞれ手間を取らせましたから手数料をお払いしました」

竹内は隣に座っていた篠原に小声で「すみません、宮澤さんを連れてきてください」と告げると、篠原は部屋を出ていった。

「伊野田さん、あなただって、こんなに手数料がかかってしまったら、当然、利益が上がらないって分かりますよね」

伊野田は悪びれもせず、こう答えた。

「それでも売れないよりはマシでしょう」

この時、すでに竹内は伊野田という人間を選んだことをひどく後悔していた。

そして、すぐさまこうも思って、しばしの間、意気消沈した。もしかして、自分は人を見極める目がないのかもしれないと……。


一方、その頃、さゆりを呼びに行った篠原は困惑していた。

「どうして、私が行かないといけないのぉ。絶対、いやだわ」

「宮澤専務、そんなこと言わないで来てください」

「嫌よ、行きたくないわぁ」

「来てください」

「い～や、嫌です。行きたくないっ」

あくまで固辞するさゆりに、篠原は〝わがままな幼稚園児か！〟と呆れ、ついに我慢できなくなった。

「いい加減、ぶりっ子の真似(まね)はやめてください！　社長の命令ですよ！」

周囲の人間が驚くほどの声で迫ると、さゆりの表情が一瞬で変わった。

「わ、分かりました！　行きますよぉ」

ようやくさゆりは立ち上がって、篠原に促されて会議室に向かった。

「失礼します！」

篠原はそう言って会議室のドアを開けると、竹内に目配せして、さゆりを伊野田の一つおいて隣の席に座らせ、自分はさゆりの前の席に座った。

「宮澤さん、不動産取引の承認の件ですが、あなた書類をちゃんと見ましたか？」

「は、はい、見ました……た、たぶん」

さゆりはいかにも自信なさげに消え入るような声で答えた。これに伊野田が反応した。

「ほら、ちゃんと見てるって言っているんだから。俺は何も悪くないでしょ」

伊野田の発言を無視して、竹内はさゆりに聞いた。

「売買金額のわりに手数料が高すぎるし、その上、仲介人がこんなにいるって、おかしいとは思わなかったんですか？」

「いや、それは……伊野田さんがこれが普通だっておっしゃるから」

「ちょっと待てよ、俺はそんなこと言ってないって」

「えっ、言いましたよ。絶対に言いました。私、記憶力はいいんです」

「そんなこと言うわけないだろう」

ここで二人の間に、竹内が割って入った。

「そうですよね、伊野田さん、こんなことが普通なわけないですもんね」

「私は伊野田さんが普通だって言うからハンコ押したんですよ」

「宮澤さんも、伊野田さんの口車に乗って、私の留守中にハンコを押さないようにしてください。宮澤さんはもう席に戻って結構です」

さゆりが出ていったあと、竹内が口を開いた。

「伊野田さん、あなたが売買の承認を得るのはいつも私が留守の時ですよね。何も分からない宮澤さんを利用していたんでしょう」

「たまたまですよ、たまたま」

伊野田は白を切った。

「五件が五件ともたまたまですか？　信じられませんね。仲介人も、きっとあなたの知り合いなんでしょう？　これ、はっきり言って詐欺じゃないですか！」

竹内が声を荒らげると、伊野田は少し驚いた顔をした。

「処分が決まるまで、伊野田さんは自宅謹慎でお願いします。以上です！」

伊野田は不満そうな顔をしながら会議室を出ていった。


「すみませんでした。私の管理が行き届かないばかりにこんなことに」

竹内は篠原に頭を下げた。

「いえいえ、仕方ないですよ。これからは私もお手伝いします」

「ありがとうございます。宮澤さんに関しては、私も創業以来の関係なので、信頼ありきで接していましたが、それがいけなかったのかもしれません。今日からは、篠原さんにも宮澤さんへの目配りをお願いできますでしょうか?」

「分かりました。それとなく注意してみます」

竹内は篠原を送り出し、自分も明かりを消して部屋を出た——。


竹内は伊野田を懲戒解雇にしたいと思ったのだが、弁護士に相談したところ、解雇の要件には値しないと言われてしまった。昨今は労働者の権利が強くなっており、よほどのことがない限り会社サイドからは解雇できないのだという。

そうは言っても伊野田は会社にいても仕事を与えられず、二か月後に退職した。

しかし、この件は竹内が伊野田を背任行為で訴えたため、裁判で争われることになった。

伊野田の仲介手数料の不正振込が争点の一つとなったことから、経理担当であったさゆりも証言台に立つことになった。

当然、「証言台になんか立ちたくないわ。代わりに立ってちょうだいよぉ」と篠原は泣きつかれたが、こればかりは代わるわけにはいかない。

証言台で、案の定、さゆりはしどろもどろになり、裁判官や被告人、つまり伊野田の弁護士からも詰問された。

「高額な金額を振り込む場合、なぜ社長に確認行為を行わなかったのですか?」

この直後、さゆりは、まるでどこかの代議士かと思えるような返事をしたのである。

「記憶にないんです。忘れてしまいましたぁ」

予期していたこととはいえ、傍聴席に座っていた竹内と篠原は思わず頭を抱えてしまった。結果として伊野田は執行猶予付きの有罪となり、勝訴はしたものの後味の悪い裁判となったのである。

その後、伊野田の負の遺産であったはずの不動産仲介業は、主に篠原の尽力によって波に乗ることができて、利益を上げるようになっていった。

雨降って地固まるではないが、トラブルをようやく乗り越えたかのように見えた矢先、早くも次のトラブルがすぐそこに迫っていた。

しかも、テックビジョンと竹内に訪れる災難は、この時、まだまだ序の口だったのである。大きな大きなトラブルが人知れず深く静かに潜航しており、竹内らがそれに気づくのはまだまだ先のことであった……。

＊

この一件以来、篠原はそれとなくさゆりの行動を気にかけるようになっていった。

すると、いろいろとおかしな振る舞いがあることが分かってきた。

まず、その一つ目が、やたらと郵便ポストを気にするということであった。事務所はオフィスビルの四階と五階の二フロアに増えたが、ポストは当然、一階にある。

さゆりが頻繁に席を外すのを、最初はトイレに行くのかと思っていた篠原だが、かなりの頻度で郵便物を持って帰ってくることから、ポストまで行っていることが分かった。

経理という仕事柄、少しでも早く請求書などの処理をしたいのかもしれないと思った篠原だったが、さほど仕事熱心とも思えないさゆりが、そうまでしていち早く郵便物を手にしたい理由が今一つ理解できなかった。

そのあたり、ある時、廊下ですれ違った神山を引き留めて、話を聞いた。

「そう言えば、郵便物は昔から宮澤専務がポストまで取りに行っていましたね」

という神山の答えだった。

「でも、回数は多くないし、郵便局の配達時間だってだいたい決まっているし、そんなに見に行かなくても十分でしょう」

篠原がそう答えると、神山も納得した表情で頷きながらこう言った。

「ですよね。ついでにタバコでも吸いに行くのかなと思ったんですけれど、そもそも宮澤専務、タバコ吸わないですしね」

「だよね。あ、それともう一ついい？」

「何ですか？」

「会社で宮澤専務と一番仲のいい人って誰だろう？　知ってる？」

「仲いい人ですか～。ウーン、どうだろう？」

神山はそう言うと、腕を組んでしばらく考えた……。

「やっぱりいないですね〜。お昼も一人で行くし、会社帰る時に誰かと一緒とか見たことないし、休日、一緒に誰かとどこか行ったなんて話もまったく聞いたことないです」

「分かったわ、ありがとう」

篠原は比較的古くからいる社員数名に聞いてみたが、答えはやはり神山と似たようなものだった。そこそこ情報が出てきたのは安田で、それは出張時の話などが多かった。また、中島が府中本町駅で競馬場に向かうさゆりを見たという話も聞こえてきた。

さらに篠原は、家が近いと思われる社員にも訊ねてみたが、結局、仲がいい人間は見つからなかった。

それにしても、同じ会社で五、六年働いているのに、これだけ自分からプライバシーを明かさない人間というのも珍しいと篠原は思った。主婦にありがちな夫や子供の話も一切したことがなかったようで、不思議と言えば不思議である。逆に言えば、私生活をそれだけ周囲の人間に隠しているということにならないだろうか？

——篠原は、もっとさゆりを調べてみる必要があるかもしれないと思った。

さゆりが就業時間中に頻繁に席を外すという点では、銀行に行く回数も極めて多かったのである。

こちらは事務所の壁にかかっているホワイトボードの行き先予定に「銀行」と書いてあるから回数も頻度も一目瞭然である。もちろん、経理だから銀行に足を運んで当然という考えもあろうが、やはり、郵便ポスト同様に回数がやたらと多かった。

もちろん、銀行に行かない日もあるが、行く日は一度ならず二度、三度と行く。しかも、記帳だけのために午後三時過ぎに行くことが何度かあった。

気になった篠原は、一度、銀行まであとを付けたことがある。

その日、さゆりはまず会社に一番近いメガバンクS銀行のATMで記帳し、続いて、M銀行のATMで記帳、さらにはもう一行で記帳していた。

そして、そこでさゆりは、入り口の横にある宝くじ売り場で必ず宝くじらしきものを買っていた。普通の宝くじだけでなく、〝ロト〟や〝スクラッチ〟等を買って、すぐ横のカウンターで書き込んだり、必死に削ったりしていた。

何度かあとを付けた篠原だったが、換金の場面には遭遇したことがなく、その点でさゆりの金運はあまり良くないのかもしれないと思ったものだ。

＊

また、もう一つ不思議に思ったのは、仕事もないと思われるのに、さゆりが休日出勤してくるということだ。

仕事が溜まっていた篠原が一気に片付けようとして土曜日に休日出勤していると、昼過ぎに突然、さゆりが会社に現れたことが何度かある。

「あらぁ、祥子さん、こんにちは～。休みだっていうのに頑張るわねぇ」

そう言って、さゆりは篠原に挨拶した。

「こんにちは。そういう専務こそ仕事ですか？　この時期、忙しくないはずでは」

「ちょっとねぇ、気になったことがあってねぇ……」

そう言ってさゆりは答えを濁したのである。


その後、さゆりはデスクに座ってしばらくパソコンで作業していたようだが、二、三十分ほどすると席を外し、数分後、戻ってきた。

〝トイレ？〟と篠原は思ったが、その後も二、三十分おきくらいに部屋を出ていった。すぐに篠原はさゆりが何をしているのか分かった。

〝きっとまたポストの確認ね。土曜日までわざわざご苦労様〟

いったいさゆりは何をそんなに気にしているのだろうと、篠原はますます興味が出てきた。

それからしばらくして、出社してから二時間も経たないうちにさゆりは帰っていった。

「お疲れ様でした。帰る時は戸締りしっかりして行ってくださいね。私、専務なので、何かあると困りますからねぇ」

「分かりました。お疲れ様でした」

さゆりはここぞとばかりに〝専務〟を強調し、篠原が全部言い終わる前に部屋の扉をしっかり閉めた。会社に来てから二時間も経っていなかった。

〝たった二時間のうちに何度も出入りして、どれだけ仕事したっていうのかしら。全く、専務が聞いて呆れるわ〟

篠原は心の中でつぶやいた。


米国アップル社のスティーブ・ジョブズが初代アイフォンの発売を高らかに宣言した二〇〇七年のある金曜日の午後、突然、竹内は秋津からの電話を受けた。

それは、飯塚徳三郎が逝去したという知らせだった。

肺がんで数年来、手術と療養を繰り返していた徳三郎だったが、ついに力尽きたという。最期は昨日の晩、自宅で親族に見守られながら息を引き取ったそうだ。

葬儀は明後日の日曜日ということで、竹内は秋津に参列する旨を伝えた。

電話を切ると、竹内はさゆりに電話した。ところが、さゆりは電話に出なかった。

日曜日、竹内は以前と同じ甲府市の寺を訪ねて、徳三郎の葬儀に参列した。

喪主はさゆりの夫の和夫で、さゆりもその隣に神妙に腰かけていた。竹内が焼香のために頭を下げると、さゆりも丁寧に挨拶で返した。
ただ、その目に涙はないのだけは分かった……。

第五章　目立ち始めた綻び

篠原がさゆりの行動に注目するようになってから、しばらく経った。

二〇〇八年六月八日、東京都千代田区外神田の路上でトラックが通行人を跳ね飛ばし、トラックの運転席から飛び出した男が刃物で次々と通行人を襲撃し、七人が死亡し、十人が負傷する重大事件が起きた。いわゆる「秋葉原通り魔事件」である。

数日間、竹内の職場でも「こわいわ～」「何が起きるか分からないわね」「道を歩くときは注意しないと」などと、話の端々に事件の影響を感じさせる言葉が多かった。

そんなある日の午後、〝ゴーン！〟と大きくて鈍い音が社内まで聞こえてきた。

その直後、外に出ていたさゆりが慌てて会社に飛び込んできた。

「篠原さぁん、篠原さぁん、私どうしたらいいの……」

大きな声でそう言いながら、さゆりは篠原の席にまでやって来た。

「ねぇ、篠原さん、一緒に来てぇ」

さゆりは篠原に夢中で話しかける。

「私、どうしたらいいのぉ？」

　矢継ぎ早にすぐそばで話しかけられて、仕事に集中していた篠原は仕方なくキーボードから手を離して、いったい何事かという顔で、渋々、さゆりのほうを向いた。

「宮澤専務、まずは落ち着いて、深呼吸でもしましょうか」

　仕事の手を止めた篠原はそう言って、さゆりに向き合った。そして立ち上がり、彼女の両肩に手を置いて、気持ちを落ち着かせようとした。篠原が手を離すと……さゆりは数度、大きく息を吸って吐いてを繰り返して、ようやくさゆりも落ち着いたようだった。

「で、何があったんですか、専務？　さっき外で変な音がしたような気がしましたけど、まさか、それと関係あるの？」

　さゆりは一瞬固まって、つばをゴクリと呑み干し、口を開いた。

「そうなの～。隣のコンビニでアイス買おうと思って車を停めようとしたんだけど、ポールがあるなんて知らなくて、ぶつけちゃったの～。ほんと、ポール邪魔よねぇ」

　そう言って何度も頭を下げた。

「いや、宮澤専務、謝る相手は私じゃないから。それと、ポールは悪くないから。それで、警察へは電話しましたよね」

「えっ、警察！　嫌よ、いや、いや。私、絶対に警察のお世話になんかなりたくない！」

　さゆりは首を何度も横に振って、強く訴えた。

「だって、私悪くないのよ。あんなところにポールが立っているのが悪いのよ！」

さゆりはまるで子供のような言い訳をした。それを聞いていた周囲の社員も呆れるしかなかった。これまでも、さんざんピントがずれている人間だと誰もが思っていたが、ことここに及んで、絶対におかしいという確信を持ったに違いない。

それでも他の社員はまだ他人事でいられるが、既に巻き込まれた篠原は大変だった。

「何言っているの、宮澤専務。すぐに電話しないと駄目でしょ！　さあ、電話して！」

愚図るさゆりに篠原は厳然とした口調で言った。

「無理、無理、さゆり、ぜったいに無理ぃ～」

そう言ってさゆりはぶるぶる震える素振りを見せた。

〝五十近いのに自分のことを名前で呼ぶとか、全く、いつまでぶりっ子してるのかしら。ほんと腹が立つなあ〟と篠原。

「仕方ない、私が電話します。それで、けが人は？」

「けが人？　いないわよ。ポール倒しただけなんだからぁ」

それを聞いて篠原が一一〇番したところ、コンビニからの電話で警察官が数人、既に現場に向かっている途中とのことだった――。

やむなく篠原は仕事を中断し、さゆりについていくことにした。

二人はコンビニの前に置かれた赤いレクサスの前にやって来た。

その時、さゆりが小さな声でつぶやいた言葉を篠原は聞き逃さなかった……。

〝私の車に傷がついちゃった……〟

さゆりは、はっきりと〝私の車〟と言っていた。

「あなたの車じゃなくて、会社の車でしょうに」

思わず小さな声に出してしまったことに気づき、篠原はため息をついた。

幸い、さゆりには聞こえていなかったようだった……。

そこから先は警察の現場検証とさゆりへの聞き取りが何度も行われたのだが、終始、さゆりは篠原の隣を離れないままだった。

数時間後、聞き取りは終わり、結果としては被害者もなく、コンビニの敷地内なのでコンビニとテックビジョンの交渉になった。篠原はさゆりを連れてコンビニの店長らに丁寧に謝罪し、契約している損害保険会社から損害賠償を行わせてもらうことにした。

一通り必要な手続きを終えた篠原は、その場で携帯電話から出張中の竹内に報告した。

電話で竹内に一部始終を話しながら、篠原は後部座席のドアを開けて、停まっている社用車の中を覗（のぞ）いてみた。ひと目見て、篠原は驚いた。

「うわっ！」

思わず声を出してしまい、竹内は「どうしたの?」と聞いてきた。

「いや、宮澤専務の社用車の中って見たことあります?　何か、自分の車、マイカーって感じがすごいんですよ」

「いや、見たことないなあ。そんなにすごいの？」

「はい。特に後部座席なんか物でいっぱいですよ」

「そうか、それは困ったなあ。他の人が利用することだってあるんだし、今度きつく言っておくよ」

「はい、よろしくお願いします。事故のことは今度詳しく説明します」

篠原はそう言って電話を切った。

さゆりの社用車の後部座席には有名デパートの紙袋がたくさん置かれており、他にもゴルフクラブが数本転がっていた。また、ダッシュボードには小さな動物のぬいぐるみや消臭剤、あるいは芳香剤と思われる容器が置かれていて、フロントガラスには奇妙なアクセサリーがぶら下がっていた。

よく見ると、動物の毛らしいものがシートやらあちこちにたくさん落ちていた。

〝この車、社用車だよね。これじゃ完全に自分の車じゃない〟

篠原はため息を一つついてドアを閉めた。

また、今まで気づかなかったが、車体後部には晴明（せいめい）神社の御守札が貼ってあった。

「全く、公私混同も甚だしいわ」

それを見た篠原は、完全に呆れてしまった。その後、車を会社の駐車場に入れるさゆりと別れ、篠原はひと足先に会社に戻った。

＊

翌日、何となく気になった篠原は社内の営業マン数人に、さゆりの社用車の件で記憶に残っている出来事はないか聞いてみることにした。

するると、勘違いしたエピソードが次から次へと出てきたのである。

運転が下手で二台分の駐車スペースの真ん中に停めるなんていうのは日常茶飯事のようで、現場の仕事を終えた車が会社に帰ってきて荷下ろしをしているのに、そのすぐ横に停められて作業がしづらくなったこともあったそうだ。

他にも、お客様が車で来るからと一台分駐車場を空けていたら、目を離した隙にそこに停められてしまったとか、社長の社用車で出かける社員が運転席で社長を待っていたら、そのすぐ前に停められたとか、宮澤さんに社用車を洗車に出してきてと言われて、領収書を出して料金をもらおうとすると、「そんなにかかるわけない。私の車が汚いっていうこと！」と文句を言われた……などなど、エピソード、いやクレームが次から次へと出てきたのである。

まるで大邸宅に住むセレブのお嬢様気取りじゃないかと篠原は思った。

また、ある時、こんなことがあった――。

やはり経費の手続きのために群馬の取引先にさゆりが社員の内藤崇(ないとうたかし)と出かけたことがあった。

雨が雪に変わりそうな二月の寒い日のことであった。

これは後で篠原が確認した話だが、その前の晩の十一時頃、さゆりから内藤の家に電話がかかってきたという。電話を取ったのは内藤の妻で、いきなりこう言ってきた。

「明日の群馬出張、ご主人の車でお願いしますと伝えてくださいね~。よろしくぅ」

内藤の了承を得ないどころか、電話に出る機会も与えず、言うだけ言うとすぐに電話を切ったという。

翌朝、マイカーで出社した内藤は、さゆりと共に駐車場に降りた。そして、二人は内藤の軽自動車に乗り込んだ。すると、さゆりは車内を見回すなり、ぼそっとつぶやいた。

「狭いわねぇ」

その言葉を聞き逃さなかった内藤が「でしたら、社用車にしますか?」と言った。

「それはちょっと無理ね。我慢するわぁ」

さゆりはシートベルトを締めて、「さ、行きましょ」と言った。

この出張から数日後、篠原は内藤に相談されたのである。

用件は、高速代とガソリン代、そして、悪路を走ったことから車が泥だらけとなり、洗車の必要もあったので洗車代をどうやって請求したらいいかという内容だったが、それを聞いた篠原は怪訝そうな顔をした。

「えっ、内藤君、ガソリン代ってどういうこと？」

「いや、こないだ、宮澤さんと群馬の取引先に行ってきたんですけど、宮澤さんが社用車を出せないというので僕の車で行ってきたんですよ」

「ちょっと待って内藤君、何も聞いてないよ。社用車で行くっていうから許可出したんだし、社用車が駄目なら、群馬なら電車でも行けるでしょう？」

「……そうなんですけど、前の晩に急な電話があったもんで」

内藤はだんだん小さな声になっていった……。

「分かったわ。高速代、相応の距離分のガソリン代、そして洗車代を請求していいわよ。それと、あとで社員みんなに伝えとくけど、今度から宮澤さんに言われても自分の車を出すのはやめてね」

「分かりました」

そう言って安心した顔を見せて、内藤は自分の机に戻った――。

一方で、篠原は〝またやってくれた！〟とさゆりの行動に呆れるしかなかった。

その後、気になった篠原が同様のことが過去になかったか聞いてみると、車を持っているたいていの社員が一度や二度はさゆりに車を出すよう頼まれた経験があると答えた。

了解して車を出した人間もいれば、断った人間もいたようだ。たいていは都内の近場だったことから高速代も必要なく、ガソリン代もわずかだったために請求した人間はいないことから問題になっていないだけだった。

＊

翌日、篠原は出社早々、群馬出張の顚末を竹内に話すと、すぐに注意したほうがいいということになった。そこで二人は、早速、さゆりを会議室に呼び出した。

「何ですか、いったい。私、悪いことしました？」

「どちらかというと、そう、悪いことですね」

竹内が苦笑した。

「宮澤さん、社用車のことなんですけれど、社用車の意味って分かってますよね？」

「はい、それくらい、私だって分かりますよ。専務専用の車だから、私専用の車ってことですよね」

さゆりの返事を聞いた瞬間、竹内と篠原は顔を見合わせ、〝やっぱりそうか〟という顔をした。

「宮澤さん、その答えは間違いですよ。専務専用という以前に、会社の用事のために使うから社用車なんですよ。そこ、分かりますか？」

「はい、だから専務の用事に使ってますけど。私、どこか間違ってますぅ？」

黙っていられなくなった篠原が口を挟んだ。

「ですから、専務が社用、つまり会社の用事に使うから社用車なんですって！　私用に使っちゃいけないんですよ」

つい大きな声を出してしまった篠原に、さゆりは肩をすくめて怯えたような仕草をして見せた。

「私、いつも社用で使ってますけど」

「いやいや、こないだコンビニで事故った時も、車内にいろんなショッピングバッグやゴルフクラブが置いてありましたよね。変なアクセサリーもついてるし、犬だか猫だかペットだって乗せるでしょう？　毛がたくさん落ちてましたよ」

「あら、ごめんなさい。あの時はたまたま社用のついでに荷物を取りに行ってきただけなんですよ。ごめんなさいね」

ペットには触れず、あからさまな言い訳に篠原はため息をつくと、竹内が続けた。

「宮澤さん、私用で会社の車を使うのは本当にやめてください。それと、先日、出張で社用車を使わず、内藤君の車を使ったのはなぜなんですか？　他の社員にも聞いてみましたが、そんなことがよくあるようですね」

するとと、今度はさゆりは黙り込んだ。

「それは……」

　さゆりが口ごもって答えられずにいると、篠原が口を開いた。

「個人の車で、もし、事故を起こしたらどうなると思いますか？　補償や何やら手続きが大変になるのが分からないんですか？　あなた、専務でしょう」

　竹内が続けた。

「社用車というのは、万が一、そういう事故を起こした時にも大丈夫なように、しっかり保険に入っているんです。先日、内藤君が事故でも起こして、もし、相手が亡くなったり、半身不随にでもなったらどうなると思いますか？」

「そんな、困りますぅ……」

「いや、困る困らないじゃなくて、損害賠償も含めて本当に大変なことになるんです。そんなことは起こっては困りますけれど、社用車はそんな万が一の時のために備えて保険に入っているんです。社用車の乱用も困りますけれど、社用の時は必ず会社の車を使ってください。分かりましたか？　守ってくれないと、今後、社用車の使用はひかえていただきます」

「はい。必ず守ります……」

　さゆりは今にも消え入りそうな声でようやくそう答えた。

　他にも、さゆりがクレジットカード機能のついたＥＴＣカードを頻繁に営業社員に貸し出していることも分かった。

車で営業に向かう社員に「これ使っていいわよ！」と言って社用車のＥＴＣを渡すのだという。当時、一般社員の社用車にはＥＴＣカードがついていなかったため、借りた社員はさゆりに感謝していた。もちろん、その理由も知らずに……。

＊

さて、二〇一一年に入ると、テックビジョンは早くも創業から十年目の年を迎えることになった。二〇〇八年九月に発生して世界中に衝撃を与えたリーマンショックとその後の不況も何とか乗り切ることができた――。

まさに順風満帆の日々を送っており、その後も、竹内は本業以外に知人に頼まれて生命保険や損保の代理店業務などを手がけていき、経営も右肩上がりだった。

当然、この間も社員数が増えたことから、中途採用で総務・経理担当も人を増やそうとしたのだが、入社したばかりの社員が辞めてしまうことも度々あった。

その原因としては、篠原が分析する限り、やはりさゆりが大きなネックとなっていた。

社員を増やすにあたって、専務のさゆりも面接に同席することが多かった。

そして、何かと理由をつけて応募者を落としてしまうのである。

〝態度が良くない〟〝着ている物に品がない〟〝志望動機が弱い〟……などと文句ばかり言って落としてしまう。特に経理担当者を募集する場合にそれが多かった。

竹内と篠原が良いと言っても、「一緒に仕事をするのは私なので！」と言われてしまうと、それ以上、強く言えなかった。

そんな中、珍しくさゆりが首を縦に振った女性が一人いて、しばらくして彼女が経理部員として入社することになった。


――ところがである。

それから二か月もしないうちに、彼女は竹内に退職届を出してきた。

「申し訳ありません。宮澤専務とは一緒に仕事できません」

竹内が引き止めようとしても、決意は翻らなかった。

それ以降も、全く同じようなパターンが何人か続き、竹内と篠原は、さゆりと新入社員の動向にますます注目するようになった。

すると、やはり理不尽な言動が目についた。

仕事で教えるべき大事なことを教えない一方で、個人用の飲み物を買いに行かせたり、社長のデスク回りの掃除をさせたり、まるで手足のようにこき使うことが多いのだ。そのくせ、自分のデスクのどこそこは触っちゃいけない、引き出しは了承なしに開けちゃいけないなど、やたらと禁止事項が多かった。

ということは、会社の業務に必要な印鑑の類はさゆりのデスクの引き出しに入っているのだが、さゆりの許可なしに開けることはできないのである。つまり、さゆりが在席していない限り使えないのだが、前述したように席を外していることが多いさゆりだけに、さゆりがいないと印鑑が押せないのでは業務も滞ってしまう。

社員の経理書類などは経理部員なら誰だって扱えないと日々の業務が停滞してしまう。新人がその点を訴えてもさゆりは聞く耳を持たず、要望が通ることはなかった。

しかも……それが実情であるのに、いざ、社員、それも幹部社員から経理の手続きが遅いというクレームが入ると、さゆりはそれを必ず新人のせいにする。

「あの子、仕事を覚えるのが遅くて困っているんですぅ」

というわけだ。実情をよく知らない他部署の社員は、つい新人に文句を言ってしまう。そういうことが度重なると、新人は嫌になって辞めてしまうという仕組みだ。

*

そんな中、ようやく定着しそうな経理社員がようやく現れた。

それが比嘉由紀恵（ひがゆきえ）である。沖縄・那覇出身で、農協系の金融機関で働いていたという二十七歳の独身女性である。つねに笑顔で明るく、さゆりの小言も聞くべき時は聞き、そうでないときはうまく受け流す度量があるなど、対人スキルにも極めて優れていた。

ただ、そうした面接時のさゆりの想定を上回る人並み以上の対人スキルについては、さゆり自身も誤算だったというか、若干見当が外れたようだ。

しばらくすると、他の社員には比嘉の愚痴を言うようになっていった――。

「新人の新しい子、ほんと言うこと聞かなくて困るのよねぇ」

「比嘉ちゃん、勝手にやっちゃうから後始末が大変なのよぉ」

「間違えてばっかりで困るわぁ、比嘉ちゃん」

「沖縄の子ってさぁ、ほんと時間にルーズよねぇ」

――すべてが見当はずれなのはもちろん、最後の愚痴に至っては、自分のことは棚に上げて沖縄県人全員を敵に回しそうな偏見の籠もった言葉である。


また、さゆりはテックビジョンで手がけている損害保険事業について熱心だった。

社用車はもちろん、車を持っている社員には自社の損害保険に入るよう積極的にアピールしていた。そして、これまでの損保会社の保険に入ったままの社員には、何かと冷たく当たった。まるで〝自社の損害保険の契約をしない人は社員じゃない！〟といった感じであった。

そんなある日、社長が社用車を運転中、信号で停まったところで後ろの車にぶつけられたことがあった。

現場から会社に電話があって、さゆりが手続きをすることになったのだが、いろいろ状況を聞いたさゆりは「社長、とにかく病院に行って診断書をもらってきてください。そうしないと損害保険の処理ができません」と言って竹内との電話を切ったあと、すぐに損保会社に電話をした。

ひととおり話し終えて電話を切ったあと、心配した篠原がさゆりに社長の具合を聞くと、返ってきたのは思いもよらない答えだった。

「え、社長の具合？　知らないわ」

これには篠原ら、その場にいた社員はあ然とするしかなかった。

普通は誰だってまずは怪我がないか状況を聞くものだ。しかし、さゆりはそんなことはお構いなしに、保険金のことにしか興味がなかったのである……。

幸い、竹内の体に何ら異常はないことが分かって、さゆり以外の社員はホッと胸を撫で下ろしたのであった。

＊

二〇一一年の十月一日、テックビジョンも創業から十年目を迎える。新たなディケイド（十年期）を前に、竹内は再び事務所を移転することにした。

といっても老朽化したビルの建て直しのためであり、新天地も立川であることには変わりはない。多少、駅からは遠くなるものの、それでも歩いて十分ほどなので十分徒歩圏内ではある。

しかし、引っ越しをするにあたって一人だけ往生際の悪い人間がいた……。もちろん、さゆりである。

意図しているのか、そうでないのかは不明だが、宮澤さゆりという女性はトラブルを起こさずにはいられないらしい。自ら波風を立てずにはいられないのがさゆりであった。

さゆりは、事務所の引っ越しの話が取締役会で決まったときから反対していた。

「社長、引っ越しやめましょうよ。このままでも十分仕事できるでしょうぅ」

「宮澤専務、それは無理なんですよ。何度も説明したでしょう」

竹内とさゆりのそんなやり取りを、篠原や比嘉は何度も目にしていた。

しかし、結局のところ、今回の引っ越しの件はビルの老朽化による建て替えが理由であって、人数が増えたからというものではなかったので、そもそも引っ越しをやめられるわけがないのである。

そうこうするうちに引っ越しの期日が迫ってくると、さゆりは資料室にいりびたることが多くなった。銀行とポストの往復に、資料室が増えたようなものである。

「専務、資料室でいったい何をしているの？」

篠原がさりげなく聞いても、「いや、ちょっと経理の書類が……」というだけで、はっきり答えようとはしなかった。部下の比嘉には引っ越しに当たって整理していると語っていた。経理の業務自体は比嘉が入って二人体制となったことで、差しあたっての不都合はなかった。というより、比嘉の加入によって、以前よりトラブルは格段に減ったと言っても良かった。その一方で、昨今のさゆりの奇抜な行動は度を越していった。

迎えた引っ越し当日、社員は前日までに梱包作業を終え、どうしても外せない重要な案件がある社員は別として、みんな引っ越しを手伝うことになった。

すでに荷造りしてある段ボール箱は引っ越し業者が運ぶものの、新たな事務所で、みんな梱包を解くのに精一杯だった。

しかし、ここでもまたさゆりがやらかしてしまった。

ことここに及んで、さゆりは〝絶対に引っ越しは認めない〟とばかりに旧事務所に居座ってしまったのである。

「私、引っ越したくない！　ずっと、ここで働きたいの！　誰か社長を呼んできて！」

まるで昭和のストライキを起こした労働組合の人間のように、資料室の前に椅子を持ってきて座ったままアピールし始めたのである。

竹内は出張中であり、連れてこれるわけもなく、新事務所で荷解きをしていた篠原は比嘉からその話を聞いて大きくため息をついた。

〝ほんと往生際が悪い女ね。困ったもんだわ〟

篠原は仕方なく会社の自転車で旧事務所に向かった。会社に到着し、がらんとした社内を見回したのだが、なぜかさゆりが見つからなかった。

「宮澤専務！　宮澤さん！　どこですか〜？」

社内を見渡しても見つからず、どこにいるかしばらく考えた篠原は、ピンときて四階の資料室に向かった。資料室のドアを開けると、さゆりが必死に梱包作業をしていた。

「何してるんですか？　宮澤さん！」

さゆりはその声に驚いたかのようにビクッと身体を震わせた。

「あら、篠原さん。何しに来たのぉ〜」

能天気なさゆりの言葉に篠原は呆れて、すぐには言葉が続かなかった。

「何しに来たも何も、あなたを連れにきたんですよ。いったい何しているんですか？」

「私？　経理の荷物が残っていたから段ボールにしまってたのよ」

「また、何で当日までそんなことしてるんですか？　昨日までに終えておくようにって指示が出ていたでしょう」

「あら、そうだったかしら。ごめんなさいねぇ」

さゆりは悪びれるふうもなく答え、篠原は篠原で肩で大きくため息を一つついた。

「それで、その段ボールを運ぶの？」

篠原がさゆりに声をかけると、「いいわ、私が車で持っていくから」と答えた。

「車はもう新しい事務所ですよ。私、自転車で来ているから荷台に載せるわよ」

「あら、じゃあ、頼みますわ。でも、大事な書類だから、絶対に開けちゃだめよ〜」

その言葉を聞いて、篠原は確信した。

〝この女は、本当に人をイラつかせる天才に違いない〟

「開けるわけないでしょう。それより、少しは感謝の言葉はないんですか？」

篠原が聞こえよがしに嫌味を言うと、さゆりは今、気づいたというふうに答えた。

「あら、そうだったわ。ありがとうございますね、祥子さんっ」

さゆりはそう言ってちょこんと頭を下げ、篠原は自転車の荷台に段ボール箱をロープで結びつけて、新事務所まで運んだのだった。

第六章　過去からの訪問者

新たなオフィスはビルの三階から五階の三フロアであった。移転してしばらく経った頃、日本人にとって決して忘れることができない〝あの日〟がやって来る。

そう、二〇一一年三月十一日午後二時四十六分十八秒、東北地方を中心に東日本をかつてないほどの規模の大地震が襲った。いわゆる「東日本大震災」である。


立川のテックビジョンのビルも大きく揺れ、備品がいくつか落ちたり、机に積んであった書類が倒れたり、ロッカーの上の段ボール箱が滑り落ちたりもした。

幸い、それによってけがをした人間はいなかった。その後、竹内以下在社していた社員一同は、行政からの指示で近くにある国営昭和記念公園に避難することになった。

そんな中、さゆりは「怖い！」「地震大嫌い！」などと言って机の下に入ったまま、うずくまって動かなくなってしまっていた。

「嫌よ！　何が落ちてくるか分からないし、動きたくないわぁ」

隣に座っている比嘉が「大丈夫です。避難しましょう」と促すも、どこ吹く風だった。

「このビルだって安全かどうか分からないんですよ。さ、早く」

比嘉のその言葉にようやく納得して、さゆりは重い腰を上げた。

それを横目で見ていた篠原は、どうしてこんな女性がテックビジョンにいられるのか、大きな疑問を覚えた。自分の私利私欲ばかり主張する一方で、二言目には〝自分はナンバーツーだ〟とか、〝テックビジョンの金庫番だから〟と立場をやたら主張する。

〝百害あって一利なしって彼女のことじゃないの！〟

一度、竹内社長に真剣に相談してみたほうがいいのではないかと篠原は思った。


ほどなくして震源地は宮城県三陸沖と判明し、マグニチュード9という観測史上最大規模の地震であったことが分かった。最大震度は宮城県栗原市で観測された震度7で、宮城、福島、茨城、栃木の四県と仙台市内で震度6強を記録した。

死者・行方不明者は東北地方を中心に十二都道府県で約一万八千人を数え、また、津波による極めて甚大な被害も発生した。宮城の海岸沿いの町は見るも無残な姿となり、福島第一原子力発電所も津波で深刻な事故を起こすほどの大惨事となった。

一九九五年一月の阪神淡路大震災を上回る災厄となったのである。

東京二十三区の震度は5強、立川市は震度4であった。建物が倒壊するなどの目立った被害はなかったが、交通機関はストップし、流通網も回復までに時間がかかった。

しばらくして竹内らは昭和記念公園からいったん会社に戻り、外回りや派遣社員の安否を確認し、倒れたものを元に戻す作業に追われた。

倒れていたテレビを戻して電源を入れると、東北の被害状況が次々に画面に映り、それを見ていた社員たちは次第に言葉が出なくなり、悲惨な状況が分かるにつれて泣き出す社員もいた。特に、東北に親戚のいる社員の心配は相当のものだった。

幸い、テックビジョンには派遣先で被害に遭った社員はおらず、竹内らはひとまずホッと胸を撫で下ろした。退勤時間を過ぎてもＪＲは運休したままだったので、地震後から一時間ほどで動き始めた多摩都市モノレールを使っている社員や、歩いて帰れる社員以外は会社で夜を過ごすことになった。

地震から二十四時間が経つと交通機関も復旧した。流通網は完全復活とまではいかないまでも、しばらくすると東京には以前と同じような日常が戻ってきた。

一方で、東北、特に福島、宮城、岩手の惨状には誰もが心を痛めた。テックビジョンの社員も無関心ではいられなかった。しばらくして、東北の事業所関連の人材が不足していることから派遣社員を増やす準備のため、竹内ら数人が福島・宮城に向かった。

＊

そんな中、外国人の派遣社員を大量に雇う案件が入り、彼らを住まわせるアパートを近所に借りることになった。ちょうど竹内が再び東北に行っている時のことであった。

普段であれば竹内が連帯保証人になって不動産業者から物件を借りる手はずになっていたが、竹内が留守なので、その次に当たる席次として、当然、専務のさゆりに連帯保証人の責が回ってきた。しかし、さゆりはこれに猛反発した。

「無理よ、無理、無理。絶対に無理。私、連帯保証人には絶対になるなって、亡くなった父から厳しく言われているのよぉ」

そう言って断固として連帯保証人になろうとはしなかった。これには篠原も困った。

「いいですか。落ち着いて、宮澤専務。社長が留守にしている今、この会社で一番偉い人は誰ですか?」

篠原のその言葉に、ナンバーツーであるさゆりの虚栄心がくすぐられたようだった。

「それは私に決まっているじゃない」

「そう。あなたが一番偉いの。そして、偉い人は責任を果たさないといけないんですよ。それくらい分かるでしょう」

そう言われて、さゆりは少し落ち着きを取り戻したかのように見えた。

「そ、そうね」

「だったら、偉い人なりの責任を果たしましょうよ。連帯保証人になってくださいね」

再び〝連帯保証人〟という言葉を聞いたさゆりはハッと我に返った。

「やっぱり無理、無理。篠原さんに頼むわぁ」

そう言って事務所を出ていってしまった。

こうなっては仕方がない、篠原は比嘉や神山と目を合わせ、自分が保証人になるしか道はないと肩をすくめて大きく一つため息をついた。

〝いったいこの数か月で何回ため息をついたかしら。ほんとに嫌になる〟

翌日、篠原は役所にいって印鑑証明をもらい、その足で不動産業者を訪ねて手続きを済ませたのである……。

*

また、別のある時、竹内が出張中に役所に出向していた社員が事故を起こしたことがあった。会社に連絡があり、専務であるさゆりに話が回ったのだが、さゆりは「分かりました」と言ったまま、その後、何のアクションも起こさなかった。

二日後、会社に出てきた竹内に役所の担当者から連絡があった。

「例の件、どうなった？」

「例の件って何ですか？」

「君んところの中山君が起こした事故の件だよ！」

「え、事故って何の話ですか！」

「聞いてないの！　宮澤専務にちゃんと伝えたんだけどなあ」

担当者はそう言って、事態を詳しく説明した。

「なるほど。そうでしたか。それは本当に大変申し訳ございませんでした。改めまして、明日にでも伺わせていただきます」

竹内は丁寧に謝罪して電話を切った。そして、「宮澤専務、ちょっといいかな」と言って、会議室に入り、竹内の後を追うようにさゆりも会議室に入っていった……。

*

二〇一三年九月八日、ついに二〇二〇年オリンピック・パラリンピック夏季大会の開催が東京に決定し、五十六年振り二度目の開催に日本中が大いに喜んだ。

この頃からだろうか、竹内がさゆりの言動をまったく信じられなくなったのは。

それまでは竹内の前ではちゃんと仕事をしているアピールをしていたので、竹内自身もおかしいなとは思いながらも心の底から疑ってみることはしなかった。しかし、社員が増えれば情報も増える。いい話どころか、社員から漏れ伝わってくるのはさゆりの良くない話ばかりである。

特に、篠原を通して伝わる情報からは、さゆりが竹内のいないところで我が物顔で振る舞い、同時に奇妙な行動も頻度が増していることが分かった。

都合のいい時だけナンバーツー、金庫番で、都合の良くない時は逃げる。しかも、社内の年下の人間や自分にとって都合の悪い人間はとことんいじめる。

さらに見過ごせないことに、一部の社員の給料の遅配が起きたのである。

もちろん、給料の支払いに十分な利益は上がっており、竹内には何の責任もなく、単なるさゆりの手続きの遅れが原因だった。しかも、それから半年のうちに数回、手続きミスによる給料の遅配のほか、取引先に対する支払いの遅れなどのトラブルが続いた。

たくさんの人から話を聞けば聞くほど、さゆりはテックビジョンにとって〝百害あって一利なし〟のように思えてきた竹内であった。

そんなふうに竹内の心の中に生まれたさゆりへの疑念が大きくなっていく中、追い打ちをかけるようなさゆりの行動に、竹内は遭遇する――。

それはみぞれ交じりの雨が一日中降り続けた冬の寒い夜のことである。

竹内が取引先から車で帰宅する途中の八時頃、家の近くの交差点で赤信号に引っかかって停車した。竹内の家はその交差点から五十メートルほど行った先、信号のない細い小道を左に曲がってすぐのところにあった。

交差点で待っていた竹内は、フロントガラスの水滴をワイパーが右に左に流していく中、前方、家へ曲がる道のその一つ先の交差点のあたりに、一台の車が停まっているのが見えた。よく見るとそれは赤色のレクサスのようだった。

信号が青に変わり、竹内がアクセルを踏んで車を出そうとすると、突然、前方に停まっていた車のヘッドライトに灯りがともった。そして、急発進して交差点を向かって右に曲がり、猛スピードで竹内の視界から消えた。

竹内は交差点を越え、左折して自宅の車庫に車を入れて玄関に入った。

〝あの車って……まさか。いや、そんなことないよな〟

みぞれ交じりの雨ではっきりとは見えなかったが、車種はレクサスのように見えたし、めったに見かけない赤色からもテックビジョンの専務専用車に見えないこともなかった。

＊

それ以来、竹内はいつしか赤色のレクサスを街中でも気にするようになっていた。

例えば、平日に帰宅する際、あるいは土日に出かける時など、視界の隅に赤色の車が入ると気になってしまうことが多くなった。しかも、それがレクサスと分かると運転席やナンバープレートに目が行ってしまい、〝勘違いだったか〟と思い至る。

ただ、気のせいかもしれないが、竹内が目に留めた瞬間に赤い車が動き出したり、夜遅い時間に家の近所に駐車していたりすると、やはりそうかもしれないと思って、つい注目してしまう。すれ違う瞬間にさゆりの顔がはっきり見えたとか、確かな証拠でもあればいいが、そんなことでもない限り本人に確かめてみることなどできるはずもない。

〝専務、こないだ僕の家の近所に来なかった？〟

――などと聞けるはずがない。

一瞬、心の中に〝今度、車にＧＰＳでもつけておこうか〟などという考えが浮んだものの、すぐさま〝社員を監視するなんて、そんなこと考えるものじゃない〟という社長としての良心がストップをかけたのである。

しかし、そう思った矢先のある土曜の夕方のことである。

竹内が車で家族と一緒に買い物に出かけた際、大通りに出ようとした途端、バックミラーに赤色のレクサスが小さく映ったのを竹内は見逃さなかった。

家の角を曲がってすぐの交差点の信号が赤だったため、停車中に竹内はバックミラーに触って後ろの車が少しでもよく見えるよう調整しようとした。

しかし、陽も傾いて周囲は暗くなり始めており、当然、ナンバーは読むことができず、運転席に座っている人間の容姿まではよく見えなかった。頭の位置からは大柄な男性ではなく女性のように見えたものの、それ以上はよく分からなかった。

「あなた、信号変わったわよ」

竹内の妻が怪訝そうな表情で口にした。

「あ、ゴメン……何でもない」

内心では車を停めて確かめに行きたいところだったが、家族と一緒だったのでそうもできず、予約を入れておいたレストランがある立川市内に向かった。

また、ある休日の夕方、竹内が近所のショッピングモールにあるクリーニング店に行った時のことだった。受け取った服を持って屋上の駐車場に停めてあった車に近づくと、十メートルほど離れたスペースに停められた赤色のレクサスが目に入った。

〝もしや！〟と思って近づいてみると、運転席に座っていたのは女性だった。

だが、顔が分かる距離まで近づくと、ヘアスタイルは似ているもののさゆりよりはるかに若い女性だった。当然、ナンバーも社用車とは違っていた。

〝いかん、考えすぎだな〟

竹内はそう思って苦笑したが、実はその数メートル先にもう一台の赤色のレクサスが停まっていたのを彼は知らなかった……。

＊

二〇一六年六月のある日、竹内が珍しく会社にいた時、ある人物からの電話を受けた。その人物とは、さゆりが以前働いていたという会社の社長だった――。

竹内は、知らない人間からの電話に何事かと思った。

「竹内さんですね、初めまして。私は八王子にある×××社で社長を務めております川村英彦といいます。今、少しお話しできますか？」

「はい、何でしょう？」

「あまり大きな声で話すのははばかられるのですが、そちらに今、宮澤さゆりさんという女性が働いていらっしゃいますよね。彼女に関する重要な話がありまして」

何事かと不安になった竹内は、思わず受話器を手で覆って少しでも川村の声が外に漏れないようにし、自身の声も若干トーンを低くした。

幸いなことに、さゆりはいつものように銀行に行っていて留守だった。

「重要な……話ですか？」

「はい。もしよろしかったら、近々、お時間をいただきたいのですが？」

「分かりました。いつがよろしいですか？」

「明後日、金曜日の十五時はいかがでしょう？　よろしければ伺います。ただ、宮澤さんには知られたくないので、例えば立川駅で待ち合わせというのはいかがでしょうか？」

「金曜の十五時でしたら大丈夫です。そうしましたら、その時間に立川駅の改札のあたりでお待ちしております。目印として……『週刊Ｂ誌』を分かるように持っています」

翌々日の十五時少し前、竹内は篠原を連れて立川駅に向かった。

十五時少し前、右手に「週刊Ｂ誌」の表紙が見えるように持った竹内に、五十代くらいの小太りの男性が近づいてきた。

「竹内社長ですか？」

「川村さんですか！」

「はい。今日はわざわざすみません。お時間をいただいてしまって……」

「いえいえ。じゃあ、どこか落ち着いて話せる店に入りましょう」

そう言って竹内は歩き始めた。それから五、六分後、三人は駅に近い談話室Ｋに入って飲み物を注文し、名刺交換を始めた。

竹内がもらった名刺には「株式会社×××　代表取締役　川村英彦」と書かれていた。

「いやあ、まだ六月なのにすごい暑いですね。私なんか無駄な肉が多いものですから、汗をかいてしまって仕方がありません」

「ほんと、暑いですね。最近は春の穏やかな日があっという間で、すぐに猛暑ですよね」

竹内はそう言って笑い、川村と篠原もつられて笑った。

「それで竹内さん、いきなり本題に入りますけれど、宮澤さんとはどれくらいお付き合いがあるんですか？」

「そうですね。会社を設立した時からですから十年ちょっとですね」

　すると、川村はウン、ウンと頷いて、一人で納得したようだった。

「だとしたら、宮澤さんがその前に働いていた会社についてはご存じない？」

「はい。宮澤の御尊父とは以前から多少お付き合いがありまして、彼の紹介だったので履歴書以上のことは知りません」

　竹内がそう言うと、川村はハンカチを出して額の汗を拭きながらアイスコーヒーを飲み、グラスを置いてから、おもむろに口を開いた。

「これは山本（やまもと）さん、あ、弊社の相談役で先々代の社長だった山本欣二郎（きんじろう）から聞いた話で、他言はするなと言われていたのですが、先日、山本さんが亡くなられたので、話しておいたほうがいいと思いまして……」

「御社は以前、宮澤が働いていた会社でしょう。履歴書に書いてあったのを覚えています」

「はい、もちろんそうです。山本さんご自身は生前、宮澤さんをとても可愛がっていたんですけれど、どうも経理でいろいろあったみたいです。私も詳しいことはよく知らないのですが……。山本さんは気にしてなかったんですが、山本さんが一線を退かれて次に社長になったのが、専務の一条寺彰（いちじょうじあきら）さんで、彼は経理にメスを入れると言っていたんです」

　竹内と篠原は、川村の話に興味を持たざるを得なかった。

「ところが、その矢先に宮澤さんが会社を辞めてしまったんです。それが一九九九年のことでした。しかも、一条寺さんが調べようとしても肝心の書類がほとんど廃棄されていたんです。もちろん、誰が廃棄したかは分かりませんが……」

「宮澤が不正帳簿を作っていて、それを廃棄したということでしょうか」

「いや、分かりませんよ。なぜ分からないかというと、山本さんも、一条寺さんももういないからなんです」

「いないって、どういうことですか？」

「お二人とも亡くなられたんです。山本さんは八十歳を過ぎて、何度か、がんの手術もしましたから亡くなられても不思議ではないのですが、一条寺さんは五十代後半、持病もなくいたって健康だったんです。なのに、つい一か月ほど前、突然亡くなりました」

「原因は何だったんですか？」

「それが、ご家族の話によると、朝起きたら息を引き取っていたというんです。前日までごく普通に生活されていたのに突然……。警察の検視では、急性心筋梗塞だったそうですが、心臓が悪いなんて一条寺さんから聞いたことないんですよ」

「……それは本当にご愁傷さまでした」

　竹内はそう言って頭を下げ、篠原も続いた。

「……その三、四日前、ある喫茶店で女性と一緒にいたのを弊社の社員が見かけているんです。しかも、一条寺さんが女性に激しく迫っていたそうで、まさか、その数日後に一条寺さんが亡くなるなんて思ってもみなかったけれど、あとで思うと、一条寺さんが会っていたのは宮澤さんで、それが一条寺さんの死と無関係とは思えないんです」

「なるほど。一条寺さんが亡くなったのには、宮澤が関係しているかもしれないということですか、にわかには信じられない話ですが……」

「それは私も同じです。でも、山本さんと一条寺さんが一年もしないうちに続けざまに亡くなるなんてこと自体信じられないんです」

川村はアイスコーヒーに口をつけて、大きくため息をついた。竹内も篠原も何を言っていいのか分からず、ただ黙っているしかなかった。二人の脳裏に、一秒、二秒、三秒……と、まるで秒針が時を刻む音が聞こえたような気がした。

「私もこんな話をして、宮澤さんに疑いの眼差しを向けるようで良心が痛む気持ちもあります。でも、もし何か起きていたら取り返しのつかないことになります。だから、不安になりましてご連絡差し上げました……」

一心不乱にまくし立てて、川村はハンカチで額の汗を拭いた。

「……ご心配ありがとうございます。それで、お聞きしてもいいですか、その女性がなぜ宮澤だと分かったのかと、私どもの会社をどうやって知ったのかなのですが？」

「あ、最初にそれを言っておくべきでしたね。出てきたんですよ、一条寺さんが亡くなったあと、デスクを整理していて、宮澤さんの名刺が。一条寺さんはもらった名刺には日時と場所を書いておく習慣がありまして、それが目撃情報と一致したんです」

「なるほど。そういう事情でしたか。納得しました」

竹内と篠原は相槌を打ち、竹内が話を続けた。

「確かに、宮澤の勤務状況や勤務態度には私も思うところがありますが、関係している人間は私も含めて今のところ無事です。私も創業以来忙しいのと、宮澤の御尊父を存じ上げていることもあって、人間的に疑うことはしませんでした……でも、これは他社の方にする話ではありませんが、彼女に関する疑惑が浮かんできたのです。いい機会かもしれません、彼女に対する認識を改めていろいろ調べてみたいと思います」

竹内はにがにがしい顔つきでそう絞りだすように言った。少しの沈黙のあと、川村が口を開いた。

「何かが起きてからでは取り返しがつきません。注意を払うに越したことはないと思います。ぜひとも、お気をつけてください」

――そう言って、川村は竹内と篠原の顔を見詰めた。

「それでは、私も会社に戻りますので、何か分かったらご連絡ください。こちらも、何か分かったらご連絡差し上げます」

川村は財布からお金を出す素振りを見せたが、竹内が「いや、大丈夫です。お構いなく。今日はありがとうございました」と言ってレシートを手に取った。

＊

川村を立川駅の改札まで見送ったあと、竹内と篠原は人混みを避けるようにペデストリアンデッキを歩きながら顔を見合わせた。

「篠原さん、どう思った？」

ずっと暗い顔をしていた篠原は、「何と言ったらいいか分かりませんが、一つだけ言えるのは、私には全くの絵空事とは思えないということです」と言った。

「お二人が亡くなったことも？」

「……ですね」

「やはり、そうですか。でも、何のためなんでしょうね……証拠隠滅？」

そうつぶやいて竹内は首を傾けたあとでこう言った。

「私もこれまで忙しさにかまけて管理不行き届きだったのかもしれませんね。認識を改めるいい機会でしょう」

「そうですよ、社長。私が入社してからでも、宮澤さんの言動には見過ごせないことが多すぎます。しかも、社長は何度か、売り上げのわりに利益が出ていない気がするっておっしゃっていますよね。一度、帳簿も含めて調べてみたほうがいいかもしれません」

篠原は絞り出すようにそう言った。

「分かりました。考えておきます。それと……」

「どうしたんですか、社長？」

「いや、最近、奇妙なことがよく起きるんですよ」

「奇妙なこと？」

「はい。専務専用車のレクサスってレッドでしょう。最近、何だか赤色のレクサスにつけられているような気がするんですよ」

「それって宮澤専務のですか？」

「運転手の顔が見えたことがないから何とも言えないのですが、何となく専務っぽい女性が運転しているのが見えたんですよ……憶測で物を言うのはいけませんが」

「なるほど。もし宮澤専務だったら不気味ですよね。社長のストーカーでもしているのかしら。だとしたら怖いですよね」

そう言って篠原は首をかしげた。

「最近、パンクもよく起きてますし、もし宮澤専務だと分かったら報告しますけれど、頭の片隅にだけ入れといてください」

竹内は篠原にそう告げて、二人は会社に戻った。

その翌日、竹内が取引先に向かおうと社用車を会社の駐車場から出して、道路に出た途端、左の前輪が突然、沈む感覚を覚えた。

竹内は恐るおそるスピードを落として車を路肩に停めた。外に出た竹内が左の前輪を確認してみると、やはり亀裂が入っていた。

「またか！」

竹内は思わず声を出し、これから向かうはずだった取引先に電話し、時間の変更をお願いした。その後、おもむろに後部トランクからジャッキとスペアタイヤを出し、ため息をつきながら渋々タイヤ交換を始めた。

＊

竹内がさゆりを疑い始め、川村の訪問によってさゆりへの疑惑がますます濃さを強くしていく中での二〇一六年。テックビジョンはホームページとハローワークで中途採用の募集をかけた。

そして、ハローワークを通して面接にやって来たのが岩村敬太（いわむらけいた）、二十八歳である。出身は有名理系大学で、前職はシステムエンジニアだという。身長は一七〇センチ前後のすらりとした細身の体で、色も白く、内向的だが理知的な感じがする若者だった。

面接での受け答えもしっかりしており、前社の退職理由も今回の志望動機もそつなく答え、数人の応募者の中でも竹内と篠原の評価は高く、採用決定に至った。

しかし、二人の期待が大き過ぎたという部分もあるが、岩村の仕事ぶりは今一つというしかなかった。平均点は何とかクリアしているのだが、常にアベレージをちょっとだけ下回るというか、詰めの甘さが出てしまい、営業成績に結びつかなかった。

そこで竹内は、半年後、岩村を営業から総務に配置転換することにした。集金業務が主な仕事であり、さゆりと比嘉を補佐する役目でもあった。

さて、二〇一七年に入ると、世相は年初の朝日新聞報道に端を発した「森友学園」問題で大きく揺れていた。

学校法人森友学園が小学校用地として購入した豊中市の国有地をめぐる問題において、更地価格九億五千六百万円から森友学園による地下埋蔵物撤去費用の約八億円が差し引かれ、一億三千四百万円で売却された。しかも、開設予定の小学校の名誉校長に安倍晋三首相（当時）の妻・昭恵氏が就任していたことから、売却価格の決定過程やそこでの首相夫妻の関与などを巡って国会で舌戦が繰り広げられたのである。

新聞もテレビの報道番組もワイドショーも、安倍首相の関与を巡る「加計学園」問題と併せて〝モリカケ問題〟と称されて世間を賑わわせていた。

そんな中、社用車で会社に戻ろうと首都高の幡ヶ谷付近を走っていた竹内は、フロントガラスの左上に小さなひび割れがあることに気づいた。

〝おや、あんなところに傷なんかあったかな？　走っているうちに飛んできた石でもぶつかったんだろうか〟

気になった竹内は高井戸で首都高を降り、途中で見かけたコンビニに車を停め、とりあえず店で缶コーヒーを買って車に戻った。

フロントガラスを見てみると、小さな穴が開いていることが見て取れた。

今日は月曜日、先週の金曜日までは、フロントガラスにそんな傷があることには全く気づかなかった。しかも、今朝、乗る前も見たが傷はなかったし、走っている間に何かがぶつかってきた記憶もない。

〝だとすると、やはり週末にできたのか……。誰かがいたずらしたんだろうか？〟

間近でよく見ると、何かがぶつかって表面が傷ついてひびが入ったというより、何か細い釘やキリのようなものが刺さったような感じで、小さな穴からひび割れが周囲に広がっているような感じだった。

竹内は、ここ数年、やけにパンクが多いことも依然として気にはなっていた。

しかも、今回の件は今一つ分からないので別々として、いずれも走行中というよりは、会社の駐車場付近で起きていることが多かった。立川市は飲食店が多い南側より、北側のほうが多少は治安が良かったりするのだが、そうはいっても最近はよく分からない。

〝ビルのオーナーに、監視カメラを設置してもらうよう交渉してみるか〟

竹内はそう思い、高速ではなく一般道路を通って会社に向かった。

帰社して必要な書類をデスクに置いたあと、篠原に事情を伝え、竹内は再び自分で運転して修理工場に向かった。その姿を机の書類の陰からさゆりがじっと見ていることなど気づきもしなかった。

第七章　失墜したナンバーツー

相変わらず日本中が「モリカケ問題」で盛り上がっている中、テックビジョンでは違う形でお金の問題が巻き起こっていた。

その問題の中心には、やはり、さゆりがいた。

相変わらず経理の処理が遅かったり、給料の遅配や誤配、住宅・出張手当てのミスが多かった。これには篠原から状況を聞いた竹内も黙っていられず、さゆりを会議室に呼び出してきつく注意することが何度かあった。

さゆりは、その時こそは「申し訳ありません。もうしません」と殊勝に反省しているような素振りを見せるのだが、しばらくすると元の木阿弥（もくあみ）で、同じことの繰り返しである。

それまでの行動と変わることもなく自由気ままに振る舞い、大泉らには「また社長に怒られちゃった！」と笑って報告する始末である。社員はみんな呆れて、さゆりの話をまともに聞く人間はだんだんいなくなっていった。

そんな中、一つの事件が起こる――。

入社間もない営業の西川涼介（にしかわりょうすけ）が集金してきた六十万円が紛失したのだ。それも社内で。

それはちょうど国営昭和記念公園の桜が満開で、人々が短い桜の季節を楽しもうと気持ちが浮かれていた四月上旬のことであった。

「西川さん、ちょっといいかしら」

ある日の午後、さゆりが西川に声をかけた。何かと思って西川がさゆりの元に歩み寄ると、さゆりがきつい声で話しかけた。

「C社の三か月分の売掛金六十万、まだかしら？」

それを聞いた西川は不思議な顔をした。

「えっ！　それって先々週の金曜に宮澤専務に渡したじゃないですか！」

「何言っているの！　私もらってないわよ！」

さゆりは即座にそう言い切った。

「いや、僕見ましたよ。宮澤専務が僕が渡したお金をデスクにしまうの。『ご苦労さま』って宮澤専務が言ったのもしっかり覚えてますし……」

西川はそう言って、さゆりがお金をしまったデスクの真ん中の引き出しを指差した。

「何言っているの？　デスクにしまったらあるはずでしょう。ないんだから、私はもらってないのよ！」

「そうは言っても、僕、確かに渡してますからね！」

二人が言い合いになるのを、周囲の人間は見守っていた。それを見た篠原が仕事を中断して二人のところにやって来た。

「西川君、何があったの？」

篠原にそう言われた西川は、ことの顚末を説明した。

十日前の金曜日の午後、西川は府中のC社から受け取ってきた売掛金の六十万円を、いつものように伝票と一緒に透明のジップフォルダに入れ、しっかりジッパーを締めてさゆりに渡した。西川がさゆりにジップフォルダを手渡しした時に、彼女がデスクの真ん中の引き出しに入れるところまで見たという。

因みにテックビジョンでは、取引先から受け取った現金は専用のジップフォルダに入れて経理に渡すことになっていた。

「分かったわ。そしたら今度は宮澤専務、あなたの話を聞きましょうか？」

そう言われたさゆりはひと言、「私、絶対に受け取っていません。専務の言うことが信用できないの！」と言って、思いきり不機嫌な表情を見せた。

「宮澤専務、そう言わないで。机の中も捜したの？」

「捜さなくても分かるわよ。私、受け取ってないもの」

「大金なんだから、机の中、捜してください。悪いけど西川君も、記憶違いかもしれないから、自分の周囲を捜してみてくれる?」

　そう言われて、西川は不満そうな表情を見せたが、ため息を一つついて自分のデスクに戻り、机の上や中を一通り捜し始めた。

＊

　篠原もとりあえず自分の仕事に戻り、小一時間ほどして西川から、やはり見つからないという報告を受けると、さゆりも呼んで三人で会議室に入った。

「西川君の机からは見つからないそうだけど、宮澤専務は見つかった?」

「いいえっ!　見つかるはずがないでしょう」

　まるで自分は悪くないとばかりに八つ当たりするようなさゆりの返事を聞いた篠原は、数秒置いて口を開いた。

「二人とも勘違いで、どこかから出てくるかもしれないから、しばらく待ってみましょう。その間に竹内社長と対応を考えますけど、二人とも、今後はこういうことがないように、しっかり確認し……」

「いや、だから僕は……」

「ちょっと待って、西川君。気持ちは分かるけどここは落ち着いて」

　篠原は西川のほうに手を伸ばしてそう言うと、顔を赤くした西川が高ぶる気持ちを抑えるように大きく深呼吸した。篠原は、西川に「戻っていいわよ」と言って退室を促すと、今度はそっぽを向いているさゆりにこう言った。

「あなたもあなたで、経理担当なんですから、入金のチェックは必ずしてくださいね」

「私が悪いんですか？」

「あなた何を言っているんですか？　悪いも何も、ちゃんと確認していますか？　あなたの役職は専務でしょう。専務には専務の責任があるんですよ！　自分の仕事にもっと責任を持ってほしいし、こういった行き違いが起きないように対策を考えてください」

そう言われて、さゆりはますます不機嫌な表情になった。

「透明な袋になんか入れているからなくなるんだわ！」

さゆりが吐き捨てるように言った言葉を聞いた瞬間、篠原は呆れた。

〝何言っているの、この人は？　透明な袋になんかって、透明だからお金が入っているのが分かるんでしょ。なくさないために透明な袋にしているのに……〟

——この女の頭の中がどうなっているのか見てみたいと思った篠原であった。


それから一週間後、結局、C社の六十万円は出てこなかったことから、竹内の判断で、西川、さゆりの双方に過失があるということになった。

そして、竹内も管理不行き届きということで、竹内、西川、そして、さゆりの三人で給料からそれぞれ二十万円を減給して、C社の支払いを補塡することになった。

若く、子供が生まれたばかりで日々の生活にお金がかかる西川は、一回ではなく二か月に分けて十万円ずつ二十万円の減給になって大きなショックを受けたが、一方のさゆりはそれ以上に不満たらたらだった。

同時に、会社の出入り口には監視カメラを設置し、セキュリティー会社に頼んで従業員の出入り口に入退室管理システムを導入することを決めた。

だが、これにもさゆりは「社員を信用できないなんて、世も末だわ！」と、監視カメラの設置に猛烈に腹を立てた。それを聞いた比嘉は、ふと〝原因はあなたなのに。監視カメラがあると困るようなことでもあるのかしら〟と思った。


それからしばらくして夏のボーナスの時期がやってきた。

テックビジョンでは、一般の社員は別として、取締役はまずは希望の額を提示し、社長の竹内がそれに対して評価額を決めるという仕組みであった。

以前もそうだったが、今回も、さゆりは二百万円を要求してきた。

これには竹内も驚いた。社長の竹内でも夏冬のボーナスは百万円というのが慣習であった。

それをさゆりは二百万円、しかも、さゆり一人の責任とは断言できないが、少し前に六十万円の紛失事件を起こしたばかりである。

トラブルが続いている状況を考えると、通常の神経であれば、「経理担当の自分の責任でお騒がせしました。賞与は要りません」だろう。それなら理解できるが、さゆりは平然と「賞与は二百万円欲しい」と主張してきたのだから驚くしかない。

〝なぜ決まって二百万円なのか？　図々しいにもほどがある。面の皮が厚いというのは彼女のような人間のことを言うのだろうか……〟

竹内はそう思うしかなかった。

*

結局、この一件が止めを刺した形となって、竹内はさゆりの専務取締役からの解任を決めた。同時に、さゆりは専務専用車を返上するよう命じられた。

「今日付けで専務から解任します。今後は経理担当部長ということで、社用車も返上してください」

竹内から会議室に呼び出され、そう告げられたさゆりは不満そうな顔を見せた。

「えっ、どうしてですかぁ？」

「あなたが専務の役割を果たしていないのは誰が見ても明白でしょう。これまで私はあなたを何度怒りましたか？　その度にあなたは『分かりました。気をつけます』と言いましたよね。でも、全然、直ってないじゃないですか。手続きミスで度々給料が遅れるし、取引先への入金も遅れています。これまでは創業以来の仲間ということで私も我慢してきましたが、先日の六十万円紛失事件で目が覚めました。これ以上は見過ごせません。あなたにやる気があるなら、もう一度やり直してください」

竹内が渋々そう言うと、さゆりは数秒黙った後、口を開いた。

「分かりました。もう一度やり直します」

そう言ってちょっとだけ頭を下げて、社長室を出ていった。

だが、社長室を出て誰もいない場所に来ると、すぐに不満そうな顔になった。席に戻ると、さゆりは隣に座る比嘉にわざと聞こえるように独り言を言った。

「専務解任されちゃった。悲しいなぁ、こんなに頑張っているのにぃ」

その言葉を聞いた比嘉は呆れるしかなかった。

〝あなたはいったい何を頑張ってるの？〟と――。

第八章　獅子身中の虫

二〇二〇年という年は、いろいろな意味で日本と世界の転換点となった年だった。

日本ではその前年四月三十日に明仁天皇が退位して平成が終わり、翌五月一日より皇太子徳仁親王が天皇に即位して令和がスタートした。

そして年が改まった二〇二〇年一月二十日、世界五十七か国から二千六百四十五人の乗客と一千六十八人の船員の計三千七百十三人を乗せて、豪華客船ダイヤモンド・プリンセス号が横浜港を出港した。そして、一月二十五日に香港で下船した八十代男性が、新型コロナウイルス感染症に罹患していたことが二月一日に確認されたのである。

横浜港に帰港したダイヤモンド・プリンセス号からは四月十五日までに七百十二人の感染が確認され、少なくとも十四人の死亡が確認された。日本中の視線がダイヤモンド・プリンセス号に注目していた。

この間の一月三十一日、WHO（世界保健機関）は新型コロナウイルスの感染拡大に関して懸念を示し、世界で初めて公衆衛生上の緊急事態を宣言した。

その後、新型コロナウイルスの感染は拡大の一途を続け、二〇二〇年夏に予定されていた東京オリンピック、パラリンピック大会は一年の延期が決定した。

世界各国の大都市が次々とロックダウンになる中、五月までに日本国内の累計感染者数は一万五千人を超え、累計死者数も八百人を超えた。安倍晋三首相はそれ以前の四月七日、東京、神奈川、埼玉、千葉、大阪、兵庫、福岡の七都府県に緊急事態宣言を行い、その後、四月十六日には対象を全国に拡大した。

緊急事態宣言の発出によって、企業ではリモートワークが推奨されて街中を出歩く人の姿も消え、飲食店も営業時間の短縮を余儀なくされていった。それまでは中国人観光客の〝爆買い〟で賑わっていた銀座なども、人の数が減って閑古鳥が鳴いていた。

リモートワーク、ソーシャルディスタンス、さらには出歩く時のマスク着用や入退出時のアルコール消毒が欠かせない生活になるなど、新型コロナウイルスの出現以前と以降では、人々の生活そのものが大きく様変わりしたのである。

そして、その生活は今に至るもほとんど変わっていない。

テックビジョンでも東京都の要請に従い、できる限りリモートワーク化を進めていたのだが、なかなか思うようにはいかず、竹内も困惑していた。

そんな六月のある日、篠原は経理の比嘉から、D社の三か月分の支払い百五十万円の入金が遅れているという話を聞いた。D社は篠原と縁の深い取引先であり、付き合いも長い会社だった。篠原はマスクを気にしながら、比嘉に話しかけた。

「比嘉さん、おかしいよ。D社のことはよく知っているから言えるんだけれど、几帳面な社長だし、支払いが遅れるなんて想像できないんだけど……」

篠原がそう告げると、比嘉はこう言った。

「何だか先方の社長さんから岩村さんがお願いされたそうですよ。コロナ禍で厳しいから二か月待ってくれないかとか、息子さんに払うように言ったそうなんだけど、肝心の息子さんからもらえていないとか、いろんな言い訳されて、なかなかもらえないって」

「そんなことあるかなあ。だって、もともと、あまりコロナの影響を受けるような業種でもないし、信頼できる社長さんなんだけどなあ」

確かに、コロナ禍で支払いを延ばしてほしいという会社もあるにはあったが、旧知の会社とあって篠原は怪訝そうな顔をした。

「比嘉さん、私、社長さんにそれとなく聞いてみるわ。少しだけ時間ちょうだい」

「分かりました。よろしくお願いいたします」

＊

しばらくして篠原は、D社の山口（やまぐち）社長に電話をした。

「山口社長、お久しぶりです、篠原です……」

もちろん、支払いが遅れていることを正直に訊ねるわけにはいかない。何気ないゴルフの話から景気動向、コロナの影響などそれとなく話し、いつもの取引について礼を言う。支払いの件には篠原は自分からは触れなかったし、先方もその件には触れなかった。

〝本当に支払いが遅れていたら、山口社長の性分なら最初から平謝りするに違いないし、最後までスルーするようなことは絶対にない。ということは、D社の支払いは通常通り行われているということだ〟

篠原はそう確信した。

すなわち、支払いが遅れている理由はもう一方の当事者、つまり、岩村にあるとしか思えなかった。篠原がその件を竹内に説明すると、翌日の午後、岩村を会議室に呼んで問いただすことになった。

翌日の会議室。竹内、篠原と向かい合って、岩村が神妙な面持ちで座っていた。

最初に重い静寂を破ったのは篠原だった。

「岩村君、なぜ呼ばれたのかは分かってますよね」

数秒間、静かな時間が流れ、その間、岩村はマスクが気になるのか、何度かマスクをずらす素振りを見せた。そして、とうとう覚悟を決めたのか、ゆっくりと口を開いた。

「はい。全部私の責任です。申し訳ありませんでした」

岩村が頭を下げると、今度は竹内がゆっくりと話し始めた。

「それは、D社の百五十万円を着服したということですか？」

「はい、そうです。正直に言いますと、今回が初めてではありません。以前から、何度か支払いを私的に使っていました。申し訳ありませんでした！」

そう言うと、突然、岩村は勢いよく立ち上がり、椅子の横で竹内と篠原に向かって土下座して頭を床に押し付けた。

「本当に申し訳ございませんでしたっ！」

岩村は体を震わせたまま頭を床に付け、もう一度そう言った。

これには竹内も篠原も驚いて、「岩村君、立って。椅子に座って！」と篠原が言った。

「いや、でも……本当に申し訳ありません！」

「岩村君、立ってちょうだい！　冷静に話し合いましょう」

竹内が言うと、ようやく岩村は立ち上がって椅子に座った。そして、おもむろにスーツの内ポケットからプリントされた紙を出して、竹内と篠原の前に広げて置いた。

「すみません。そこに書かれているのが、これまで自分の懐に入れてしまったお金です。それで全部です」

竹内と篠原がその紙を見ると、社名と金額が何件か書かれていた。

昨年の十一月ごろに始まり、最初は十数万円だったが、だんだんと金額が増えていき、いつしか百万円を超えるようになっていた。

竹内がおもむろに口を開いた。

「……なんでこんなことをしたんですか？」

すると、岩村は「ギャ、ギャンブルです……競馬です」と答えた。

「……実は昨年の天皇賞にその月の給料を注ぎ込んで大負けしてしまいました。妻には話せず、サラ金からお金を借りてしまい、サラ金の取り立てが厳しくなって、今度はサラ金にお金を返すために取引先からの支払いに手をつけてしまいました」

「なるほど。それからは会社のお金で馬券を買っていったわけですね。で、負けたら次の支払いから補塡すると。そして、だんだん額も大きくなっていった……と」

「……はい。おっしゃるとおりです」

竹内と篠原は肩を落として、しばらく何も言えなかった。

「あなたが手をつけたお金は、あなた一人で稼いだお金じゃないんですよ。社員みんなが汗水垂らして働いて得たお金なんです。あなたはみんなを裏切ったんですよ」

「そうなります……よね。本当に申し訳ございません」

「しかし、百万円以上も競馬に使う人間がいるんですね。私はやったことないから分かりませんが……。これ、全部でいくらになるんでしょう？」

竹内がそう言うと、篠原が「これまででだいたい百五十万円、そして、今回が百五十万円ですから約三百万円といったところでしょうか」と答えた。

竹内が「三百万円ですか……警察に行くしかありませんね」と言った。

「すみません！　絶対に返します！　妻に正直に話して、貯金と、あとは親戚からお金を借りてでも返しますから許してください！」

岩村はそう言って、再び土下座した。

「本当に申し訳ありませんでした。絶対返します。娘のためにも許してください！」

今度はそう言って下を向きながら大粒の涙を流して泣き始めると、マスクの下からくぐもった嗚咽(おえつ)が聞こえてきた。そして、「本当に……申し訳……ありません」と言って、ポケットからハンカチを出して目を押さえた。

「娘さん、何歳でしたっけ？」

「今、五歳で……来年は小学校に入ります……」

「そうですか……本当に返してくれるんですね」と竹内。

「はい。今、ここに……」と言って岩村はズボンの尻ポケットから財布を出し、中に入っていた紙幣を取り出し、角を揃えて竹内の前に丁寧に置いた。

「ここに五万円あります。まずはお返ししますので、どうか警察に行くのだけは勘弁してもらえませんでしょうか。残りのお金も絶対に返します」

そう言って岩村は涙ながらに頭を下げた。

「分かりました。全額返していただけるのなら警察には言いません。あとで念書を作りますから、ハンコを押してください」

「分かりました。本当にありがとうございます……」

岩村はそう言って、再びハンカチで涙を拭いた。

三人が会議室を出ると、すぐ近くにいたさゆりと岩村がぶつかりそうになって、思わずさゆりが避けた。

「あら、どうかしたのかしらぁ。岩村君、目が腫れてるわよぉ」

「いや、何でもないですよ、宮澤さん」

竹内がそう言うと、さゆりは何事もなかったかのように、手に持っていた給料明細を社員に配り始めた――。

*

その後、岩村は懲戒解雇になって会社を去ったのだが、この件はまだ終わりではなかったのである。しかも、その先に待ち受けていたのは、テックビジョンの屋台骨を揺るがすほどのとんでもない大事件だった――。

それに気づいたのは、やはり篠原であった。

岩村が辞めて一か月ほど経った蒸し暑い七月のある日、たまたま年末調整の帳簿を見ていた篠原は、岩村が入社した最初の年の年末調整の際の、保険の支払い書類を見つけた。すると、そこに岩村の妻の旧姓が書かれていた。

それが「宮澤由香里(ゆかり)」だったのだ。

一瞬、不審に思ったものの、宮澤はそう珍しい名前ではないと冷静になった。しかし、心のどこかで胸騒ぎがした。〝もしや!〟と思って、さゆりの住民票を比嘉に探してもらい、見せてもらった。

すると、何とさゆりの娘と生年月日まで一致したのである。

つまり、岩村敬太はさゆりの義理の息子だったのだ。

岩村が三百万円の着服を謝罪した際、妻と相談すると言っていたが、その妻こそ、誰あろうさゆりの娘・由香里だったのだ——。

これには篠原も驚愕して、思わず大きな声を出しそうになってマスクの上から口を押さえた。

そして、その場にうずくまって動けなくなってしまった。

〝どういうこと? 義理の息子とその母親が、関係を周囲に隠して同じ会社で働いているって。いったいどういうこと?〟

〝しかもその息子が横領って、ドラマや小説でもあるまいし、こんなことって本当にあるのかしら？〟

〝いや、実際にあるのよ。でも、だとしたら何で？　そこにいったいどんな意味があるのかしら。いや、これ絶対に最悪の展開よね！〟

――篠原の脳裏に次から次へと疑問が浮かんだ。そして、その疑問の答えは全部、会社にとって非常に良くないことであるのは明らかだった。

〝これって全部、会社のお金を横領するために仕組んだことなの？　まさか、そんな！〟

篠原は寒気を感じて、体中に鳥肌が立つのが分かった。

＊

ようやく心を落ち着けることができた篠原は、別の階にいた竹内を呼びに行った。

そして、篠原は何が起きたのかと心配そうな顔をした竹内に「大事な話があります」と切り出し、一緒に部屋を出た。

二人は廊下の隅まで来ると、篠原は周囲に誰もいないのを確かめて、小声で話し始めた。

「社長、今から話す内容に驚かないでください！」

「篠原さん、いったい何の話ですか？」

「いいですか、心を落ち着けて聞いてください！」

「わ、分かりました。で、話とは？」

「横領した岩村君、彼は宮澤専務、いや、もう専務じゃないですね。宮澤さんの義理の息子だったんですよ！」

それを聞いた竹内は、篠原が何を言っているのかすぐには理解できず、数秒間、ポカンとした顔をした。

「え！　どういうことですか？」

「ですから社長、岩村君は宮澤さんの義理の息子なんです。逆に言えば、宮澤さんは岩村君の義母なんですよ。二人は親子なんです」

「ええっ！　ほんとですか」

「はい。間違いありません。確認しました」

「岩村君が宮澤さんの義理の息子⁉　ということは、奥さんが宮澤さんの実の娘？」

思わず大きな声を出してしまった竹内に、篠原は「シーッ」と右手の人差し指をマスクの前にあてるジェスチャーをして見せた。

「そうです！　確かめました。岩村君の年末調整の書類と宮澤さんの住民票で分かりました。間違いありません。岩村さんの奥さんは宮澤さんの娘と同姓同名、誕生日も全く同じでした」

篠原の言葉を聞いた竹内の反応は尋常ではなかった。

「そんなこと全く知りませんでした！　しかも、会社では全くそんな素振りも見せませんでしたよね」

「ですよね……」

「そんなことってあるんですか……」

　この時の竹内の胸中を推測するに、それはちょうど十分前に篠原が思ったことと全く同じだった。つまり――。

〝どういうことなんだ？　義理の息子と母親が関係を秘密にして同じ会社で働いているって。いったいどういうことなんだ？〟

〝これはドラマや小説じゃない。そんなことが本当にあるのか？〟

〝いや、これは夢じゃない、現実だ。でも、だとしたら何で？　周囲に隠して同じ会社で親子が働くって、そこにいったいどんな意味があるのか〟

〝しかも、恐ろしいことに息子は横領犯じゃないか！　ということは母親も……〟

　二人の脳裏にはさまざまな疑問が渦巻き、しばらく顔を見合わせたまま動くこともできなかった。竹内の額には、次第に冷や汗がにじみ出てきた。

　しばらくして竹内が沈黙を破った。

「ということは……ということは、ですよ、篠原さん、もしかして？」

「はい、社長、一番大きな問題は岩村君が横領をして解雇されたという点です。義理の母である宮澤さんがそれを知らないはずがないでしょうし、それでも平気で会社に来ているということは、もしかしたら、宮澤さんも何らかの形で岩村君と共謀している可能性があるかもしれないということです。もちろん、そうであってほしくはないのですが……」

「義理の親子であることを隠していること自体、あり得ない話ですよ」

「だとしたら、やはり二人は共謀しているとしか思えません、残念ですが」

「分かりました。当分、このことは極秘でお願いします。それと……今日、宮澤さんが帰社した後、資料室にある過去の帳簿におかしな点がないか、調べてもらえませんか？」

「はい、分かりました」


二人は心中穏やかでないまま、それぞれ自分の席に戻った。

しかし、どうしても頭をよぎるのはさゆりの思惑で、篠原はなかなか仕事が捗らなかった。竹内にいたっては平静を装うことは無理だと諦め、近くに座る神山に「ちょっと出てくる」と言って、近くの公園のベンチに座って小一時間ほど遠くを眺めていた。心を落ち着け、ようやく平常心に戻ったのが分かると会社に戻った。

そんなこととはつゆ知らず、さゆりは自分の席で鼻歌交じりで帳簿を付けていた——。

＊

その日の夕方、さゆりは五時ちょっと過ぎに帰っていった。

「お疲れ様でしたぁ、また明日」

何も知らず、そう言って、いつものように楽しそうに会社を出ていくさゆりを遠目に見た竹内は、篠原に目で合図した。

ほとんどの社員がまだ帰宅せずにデスクに向かって仕事をしている中、篠原は大きく一つ頷くと、他の社員の気を引かないように過去の帳簿類が収められている資料室に近づき、ドアを開けて中に入った。

――竹内は、いったいどんな物が出てくるのか不安を胸に待っていたが、十分も待たずに篠原が資料室のドアを開けて出てくるのが目に入って驚いた。

〝ちょっと早過ぎないか！　そんなすぐに何が見つかったのだろうか？〟

竹内はそう思った。

篠原は竹内と目が合うと、会議室を指差した。そこで話がしたいということだろう。竹内もさりげなく立ち上がり、ゆっくりと会議室に向かった。

篠原に続いて竹内が会議室に入ると、早速、篠原が口を開いた。

「社長！　すぐ見つかりました」

「ほんとですか！」

「まず目についたのが、先月の帳簿の中から見つかった、社長のお母さま宛ての見舞金十万円という支払明細書です」

「私の母宛て？　先月、母が左足を捻挫して入院した時のもの？」

「たぶん、そうだと思います。これがその写真です」

そう言って篠原はスマホで撮った伝票の写真を竹内に見せた。

「確かに。宮澤さんのハンコがありますね。でも、そんな見舞金もらってないですよ、母も私も。これは宮澤さんが着服したということでしょうね」

「ですよね。絶対おかしいです。他にも怪しげな出張手当の伝票や、デパートの領収書がたくさん貼ってありました。怪しいのがたくさんあって、いったいいくらになるのか恐怖しかないです」

篠原の言葉を聞いた竹内は黙ってしまい、椅子に深く腰掛けて、呆然と天井を見上げた。篠原も窓の外を通り過ぎる多摩モノレールをじっと見つめていた。

さゆりが横領した岩村との親子関係を秘密にしている時点で、白か黒かと言えば限りなく黒に近いことは確実だった。しかし、さゆり自身の不正がこんなに簡単に明らかになるとは思ってもみなかった。

〝この二十年間、私は彼女にだまされていたのだろうか？〟

そんな疑問が竹内の頭の中を何度も、何度もループした。

「これは困りましたね。こんなにすぐに不正な伝票が見つかるようだと、他にもぞろぞろ出てくるような気がします」

竹内はそれだけ言うと、再び黙ってしまった。

確かに、頻繁に銀行に行くことや土産物を度々買ってくること、新人の経理部員を辞めさせてしまうことなど、これまでのさゆりの数々のエキセントリックな言動も、〝横領〟という視点から見てみると、すべて納得のいくものだった。

銀行に行くのはお金の引き出しや振り込みのためだろうし、何度もポストを見に行くのも、自分宛ての都合の悪い郵便物を他の社員に見られたくないためであるに違いない。監視カメラの設置に憤っていたのも、自由な行動が束縛されるからだろう。

ことの大きさに打ちのめされた竹内は、体中が粉々になって吹っ飛んでしまったような気分だった。

〝思っている以上に利益が上がらないのは、これが原因だったのか？　いったい彼女は何をしてくれたのか？〟

――竹内は想像するだけで恐ろしくなった。一刻も早く全容を突き止めなければ。ことがことだけに、当然、先延ばしにするわけにはいかない。

竹内は両手で顔を〝パン！〟とたたき、ゆっくり息を吐いて自分に〝活〟を入れた。

「篠原さん、明日から業務の間を縫って、宮澤さんには分からないように帳簿を調べてもらえますか？　もちろん、当分は社員にも内緒でお願いします……」

「分かりました」

竹内と篠原は〝フーッ〟と一つ大きな深呼吸をして、社員には悟られないようにいつもと同じ顔をして会議室を出た。しかし、竹内は茫然自失状態で、自分では気づかなかったものの傍から見たら、フラフラ揺れながら歩いているような状態だった。

「社長、大丈夫ですか？」

神山にそう声をかけられた竹内は「ああ、大丈夫だ。昼に食べた牡蠣が当たったかな」と言ってお腹を押さえながら苦笑し、やっとの思いで席についた。

*

それからの一週間、篠原はさゆりに気づかれずに資料室で帳簿を調べた。

資料室の棚に置かれたたくさんの帳簿類の中から、直近にあたる二〇二〇年三月から五月分を調べたところ、累計で三百万円以上の不審な伝票を見つけた。

また、その合間にランダムに以前の古い帳簿を試しに見てみたところ、やはり同様の伝票がいくつも見つかっており、さゆりが創業間もない頃から恒常的に会社のお金を私的に使っていることが判明した。

その話を篠原から聞き、帳簿を見た竹内は、さゆりを問い詰める前に、まずは税理士に確認することにした。当然のことだが、竹内自身も、自分が確認したあとで帳簿に不正な伝票がかなりの数貼られたことははっきり分かっていた。

数日後、さゆりが帰社したあとに税理士に会社に来てもらい、帳簿を見せた。

返事は「私が確認した時の帳簿と違う」というものだった。

つまり、決算期に会計処理が終わったあと、さゆりがまとめてたくさんの不正な伝票を貼り付けていたということだった。そうやって貼り付けた伝票分の金額を、会社の口座から自分の口座に入れていたのは間違いのないことだろう。

「いつもギリギリになってお願いしてくるものですから、どうしても隅々まで丁寧にチェックするというわけにいかないんです。しかも、後付けでこういうことをされていては、確認しても全く意味がないじゃないですか！」

長年の付き合いのある税理士は、憤慨しながらそう言い張った。

「分かりました。この件は弁護士と相談してご連絡差し上げます」

竹内は税理士にそう告げた。

その後、竹内は篠原に相談した。

「興信所に頼んで、宮澤さんの身辺調査をしてもらおうと思っているんですが、どう思います？」

「いいと思います。そうしましょう」

そこで竹内は弁護士に相談し、知り合いの興信所を紹介してもらって、さゆりの身辺調査を依頼したのである。それはまるで、さゆりという女性の姿をした〝パンドラの箱〟を開けるような行為であったかもしれない。

いったい中から何が出てくるのか？

しかし、たとえ何が出てこようとも、それを直視しないことにはテックビジョンの未来はない。テックビジョンの明日に希望を見出すためにも、それは避けては通れない道だったのである――。

＊

岩村の横領に引き続いてさゆりの疑惑が表面化し、竹内は通常業務を続けながらも内心はなかなか平常心に戻るのは難しかった。仕事をしていても、家にいても、妻と買い物に出ても、ふとした時にさゆりの件が頭をよぎってしまう。

被害額はどれくらいになるのか……。想像しただけでも震えが止まらなくなった。

社長という自身の立場をわきまえ、篠原の前でも決して取り乱さないようにと自分を律していたが、心の中では相当のダメージを受けていた。岩村の件でもショックは大きかったが、創業以来二十年近く一緒に仕事をしてきた人間に裏切られていたのだから、天地がひっくり返るほどの衝撃を受けたと言っても過言ではない。

これまで、頭の片隅ではさゆりの言動がどこかおかしいと思ってはいたものの、忙しさにかまけてそれを確かめようとはせず、日々の仕事と新たな夢の実現に追われて見過ごしていた

——竹内はそのことを後悔したのである。

〝もしも、あの時、彼女をもっと問い詰めていたら……〟

〝もしも、あの時、経理の帳簿をしっかり確認していたら……〟

〝いや、そもそも最初に会った時にしっかり人間性を見極めていたら……〟

——いくら自問自答しても、答えは出てくるはずがなかった。

タイムマシンでもあれば、最初に戻ってさゆりの行動を摘発したいところだが、当然、タイムマシンなど架空の産物であり、映画や小説でもない限り、未来へと流れる時間は絶対に過去へは戻らないのだ。

しかし……こればかりはくよくよしていても始まらない。

今は落ち込んでいる時ではない。それよりも、一刻も早く、さゆりの横領の全貌を明らかにしないといけない。そうしないと新しい一歩を踏み出すことはできない。

しかし、これから全容の解明にどれほどの時間がかかるのだろう？

現時点で分かっているさゆりの横領額三百万円は、おそらく氷山の一角に違いない。

この先にどれだけ大きなことが待ち受けているのか全く予想もできなかった。

竹内は、テックビジョンを氷山にぶつかって沈没したタイタニック号にだけはしてはいけないと心に誓った。どれだけの金額をさゆりに奪われたのかはまだ分からないが、何より一番大事なのは会社の存続である。真相解明はもちろん大事だが、そればかりにとらわれて会社を前に進めることを忘れてしまうのは絶対によくない。

竹内はそんな決意を新たにして、さゆりの横領事件に対処することにした。

＊

その後の約三か月にもおよぶ篠原の調査で、数年分で三千万円以上の私的流用の証拠が見つかったことから、竹内はいよいよさゆりと〝直接対決〟する覚悟を決めた。

そして迎えた二〇二〇年十月某日の午後、弁護士との相談を終えた竹内と篠原は、さゆりを会議室に呼び出した。

――ここで話は冒頭の昼下がりの会議室に戻る。

「あなた、自分がしたことを分かっているの？」

篠原がそう告げると、さゆりは顔を上げて困惑した表情を見せた。

「だって、私だって仕事頑張っているんですよ。少しくらい報われてもいいでしょうぅ」

「頑張っているって、本当にそう思っているんですか！　専務の時だって威張ってばかりで、あなた社長どころか、年下の社員の陰に隠れて何もしなかったじゃないですか。しかも、経理の処理だっていい加減だったでしょう。さんざん会社のお金をかすめ取ってきたのは明白なんですよ。全部でいくらになるのかしら？　一億？　二億？」

よほど腹に据えかねたのか、篠原は一気にまくしたてた。

それを俯いて聞いていたさゆりは、篠原が話し終えたと分かると顔を上げた。

「二億ですって！　まさか、そんなになるわけないじゃないですかぁ」

悪びれもせずそう答えたさゆりに、竹内も篠原もただただ呆れるしかなかった。

「金額はこれから詳しく調べます。現時点で分かっている分だけでも返す気はあるんですよね、宮澤さん」

竹内が強い口調で言った。

「いくらですかぁ？」

「今分かっているだけで、少なく見積もっても三千五百万円です」

「えぇ、そんなに返せませんよ～。せいぜい三百万円くらいでしょう。ほんと私、お金持ってないんですよ」

「そんなはずはないでしょう」

篠原が即座に言い切った。

「だったら、銀行の通帳を全部出してください。全部出して本当にお金がないことを証明してください。さあ、全部出せますか！」

篠原の勢いに観念したのか、さゆりが口を開いた。

「分かりました。一か月待ってくださいますか……それまでにお返ししますから」

「それでは、念書を書いてもらえますね。一か月後に現時点で判明している三千五百万円を返済しますと一筆書いて、ハンコを押してください！」


竹内は内心、〝半年もしないうちに、まさか親子二人に念書を書いてもらうような羽目になるとは思いませんでしたよ！〟と言いたくなるところだった。

しかし、思いとどまった。今ここで、こちらが持っている極秘情報を明かしてしまうのは得策とは思えないからだ。今はまだ知らないふりをしておこうと竹内は考えた……。


竹内がそう言うと、篠原は立ち上がって部屋を出た。Ａ４の便箋とボールペン、それと朱肉を持って会議室に戻ってくると、さゆりの前に置いた。

「じゃあ、今言ったように一か月後に三千五百万円を返却すると書いて、署名してください。それと拇印(ぼいん)でいいので捺印(なついん)してもらえますね」

竹内はそう言って便箋やボールペンなどをさゆりのほうに近づけた。

さゆりは少しためらっていたが、ついに覚悟したのかボールペンを手に取って、ちょうど一か月後の十一月十六日までに三千五百万円をお支払いしますと便箋に書き、署名した後、右手の親指を朱肉につけたあとで名前の横に押し付けた。

「これで孫には黙っておいてもらえるんですねぇ」

そう言ってティッシュで親指を拭うさゆりに、篠原が平然と言い放った。

「心配しないで、宮澤さん。あなたと関わっただけでもはらわたが煮えくり返っているのに、ましてや、あなたの孫となんか金輪際関わりたくないから」

続けて竹内が厳然とした表情で言い放った。

「処分が決まるまで、自宅謹慎を命じます！」

＊

それから半月ほどして会社に現れたさゆりは、銀行の通帳を竹内と篠原に見せた。

しかし、それらは税金専用の通帳、通信費専用の通帳、固定資産税専用の通帳……など用途ごとに分けているもので、さゆりの横領を裏づけるものではなかった。

いずれも残金は数万円程度で、そんな通帳を見せられても意味がない。きっと、別に用意してある秘密の口座に貯め込んでいるのだろうと竹内と篠原は考えた。

「宮澤さん、通帳はこれだけなの？　他にもあるでしょ！」

「は、はい……」

篠原に問い詰められ、さゆりは俯きながらそう言った。

数日後、さゆりは平然とした顔で別の通帳を数冊持ってきたが、それも似たような役に立たないものだった。

〝いったいこの女、どれだけ面の皮が厚いんだろう！〟

篠原はそう思い、憤懣やるかたない思いだった。

この間、さゆりは休暇扱いになっており、会社に出てこないのをテックビジョンの社員は不審がっていたが、あえてそれを話題にする人間はいなかった。さゆりがいなくても業務は滞りなく進んでいたし、むしろいないほうがスムーズに進んでいた。

テックビジョンの社員はみんな、前向きに仕事を続けていたのである。

——結局、念書を書かせた日から一か月が過ぎても、さゆりからお金を返すという連絡はなかった。竹内や篠原が携帯電話や自宅に電話をしても出ることはなかった。

〝もうこれ以上待てない〟

そう思った竹内と篠原はしつこいくらい繰り返しさゆりに連絡を取り、ようやくつながると、その翌日にさゆりを会社に呼び出した。

二人は、平然とした顔で会社にやってきたさゆりと会議室に入った。

「宮澤さん、お金を返却する意志はないのですね！」

竹内がきつく言うと、さゆりは「頑張ってますぅ」と消え入るような声で言った。

「一か月の猶予期間はとっくに過ぎました。いいですか、宮澤さん、あなたを今日付けで懲戒解雇します」

さゆりは、全く事態が呑み込めないといった感じで不思議そうな顔をした。

「ちょうかいかいこ……って、どういう意味なんですかぁ？」

「あなたも大人ならそれくらい分かるでしょう。懲戒解雇というのは、法律を破って会社に迷惑をかけたので懲罰的に辞めさせるという意味です」と竹内。

「嘘でしょう。嘘ですよね」

追い打ちをかけるように篠原が断言した。

「嘘じゃありません。会社のお金をかすめ取った人が会社にいられるわけないでしょう。あなたはクビなんです！」

それを聞いてさゆりは足元に頽れた。

「私、辞めさせられるとは思わなかったですぅ……」

そう言って泣き始めた。

「何度も言いますけれど、泣く暇があったら返すお金を作ってください。この件は今日で終わりです。弁護士と相談して訴えます」

会議室を出たさゆりは、机の中から私物だけバッグに入れると小さく頭を下げて会社を出ていった。神山や安田ら会社にいた社員は冷ややかな目でさゆりを見送った。

竹内と篠原はさゆりが視界から消えると、大きくため息をついた。

——しかし、二人も既に分かっていたように、この時点で判明したさゆりが横領した金額はほんの一部であった。調べれば調べるほど金額は多くなり、この後、一年近くにわたって全容の解明に振り回されることを、竹内も篠原もこの時はまだ知らなかった。

第九章　執念の真相究明

篠原がさゆりの横領を疑い始めて資料室の経理帳簿を調べた翌日から、二人は時間の許す限り、横領の痕跡を見つけるために不正帳簿の調査を始めた――。

テックビジョンの資料室にはたくさんの帳簿を広げられるようなデスクはないため、作業ができる部屋を決めることから始まった。結局、都合のいい部屋はないことから社長室に運び込むしかなかった。

そして、資料室から、まずは五年分の経理関係の資料を運び込むことにした。それだけで段ボール箱が三個分で、手の空いていた男性社員の手を借りた。

その時点で、さゆりが懲戒解雇になったことを全社員が知っており、いったい会社で何が起きているのか不安に思う声が上がっていた。

そこで竹内は、社員の不安を打ち消すためと、尾ひれのついた噂話の類が取引先など社外に広がらないよう考慮し、篠原とも相談して月曜朝の朝礼で説明することにした。

「みなさんもご存じのように、創業以来のメンバーであった宮澤さゆりさんを解雇しました。その理由は会社の大切なお金を私的に流用したためです……」

そう口火を切って、竹内はさゆりが会社の経理において不正行為を行っていた疑いが発覚したために、弁護士とも相談して会社を辞めてもらったことを簡潔に説明した。

現時点で、自分と篠原が真相の究明に当たっており、それを社長室で行っていること、会社の経営への影響は少ないので心配ないこと、そして、一番大事なこととして、取引先に余計な不安を与えたくないので、全容が分かるまで社員の家族も含めて社外の人間にはしばらくの間、黙っていてほしいと訴えた。

そして最後に、さゆりに関する何らかの情報を持っていたら教えてほしいと伝えて話を締めた。それを聞いて社員たちは納得し、改めて日々の業務に勤しんだ。

それが二〇二〇年十一月下旬のことであった――。

*

こうして竹内と篠原は、テックビジョンでのさゆりの不正を暴く調査に日常生活の多くの時間を奪われる羽目になったのである――。

社長室に運び込まれたのは領収書関係や請求書関係といった帳簿類、賃金台帳、金融機関の通帳、総勘定元帳……等々である。

経理関係の帳簿は厚さ十センチほどのフォルダにA4サイズで何十ページもある帳票を一ページ、一ページ見ていく。そこにはさまざまな領収書や支払明細書、デパートのレシートなど、形も色もそれぞれ違う伝票が積み重なるように貼ってあった。


そんな中に、篠原が以前に見つけた竹内の母親の見舞金の明細書のように、幅十数センチほどの横長の支払明細書が二つ折り、三つ折り、時には四つ折りにもされて所狭しと貼られていたのである。中にはページとページの間に何回も重ねて折って小さくなった伝票を押し込むように貼っているものすら多数あった。

明細は社員の出張手当てであったり、宿泊費であったり、出産祝いであったり、結婚祝いであったり、香典であったり、あるいは、それこそ篠原が見つけたような見舞金であったりした。金額も五千円から二万円、三万円……十万円とさまざまである。

それが本物か偽造されたものか確かめていくわけである。

ページに三枚、四枚まとめて貼られた支払明細書は日付も同じ日であるとか、一日違いであるとか、同じ日にどれだけの人間が出張しているのかと思うほどだった。しかも、同じ土地に出張しているのに手当の金額が違うこともあれば、行先が大宮で近いのに五千円の出張手当がついているケースもあった。

「あ、私、この日は大阪に出張してたんですね。自分のことなのに知らなかったわ」

――ふと見つけた自分の名前が書かれた出張手当の支払明細書を見て、篠原はそう言った。

他にも当然、二人の身に覚えのない出張手当が何枚も貼られていて、それらを見つける度、二人はさゆりの行いに腹を立てるしかなかった。

さらに、中には裏紙を使ってコピーされた支払明細書まであり、それをまたハサミで乱雑に切り取ったものまであった。会社のお金を扱う正式な伝票のはずなのに、こんなに雑に作られていることに竹内も篠原も驚くしかなかった。

「これ、宮澤さんが偽造して貼ったものですよね。篠原さん、これだけは言えますけど、僕が決算時に確認した時には、こんなに乱雑に折りたたまれて貼ってなかったですよ」

「よくもまあ、こんなことできるものですよね。執念というか何というか、だんだん恐ろしくなってきました。こんなことしてたら、会社の業務が遅れたり、間違ったりするのは当たり前です」

竹内と篠原は見詰め合って、苦笑いを浮かべるしかなかった。

*

さゆりが経理部長を務めていた当時、帳簿に触ることができるのは竹内を除けばさゆりと税理士だけであった。

さゆりは決算資料の作成をわざと遅らせ税務署への提出ぎりぎりで完成させ、確認するのは税理士で、竹内にチェックする余裕を与えないようにしていたのである。

当然、税理士の目をごまかすために帳尻の合う帳簿を作っておく。そして、決裁が済んだあとでどんどん明細を付け加えていくのだ。最近ではコロナ禍で印鑑がなくても正式書類として通ってしまうため、さゆりにとっては偽造がしやすい時代になったとも言える。

もちろん、フォルダには支払明細書だけでなく、他にも、デパートや飲食店、書店、ガソリン代……などのレシートがたくさん貼ってあった。それもまた、パッと見ただけでは分からないように、何重にも折られていた。

中には同じ百貨店の同じ売り場、同じ時刻のレシートが二枚あった。一枚は一万二千五百円で、もう一枚は三千二百八十円である。どうしてわざわざ半端な額で二枚に分けるようなことをするのか、二人には想像もつかなかった。

ここで、どんな帳票があったのか、例として一部を記載しておく――。

××百貨店　お品代　４０６０円
××××寿司○○店　９６５０円
××電気　１１７３００円
××デパート　食事代　４３００円

××ゴルフ○○店　63200円
×××××書店　7300円
とんかつの×××　1980円
×××百貨店　お土産代　6200円
洋服の××　○○店　13600円
ステーキの××　○○店　5500円
××デパート　スポーツ雑貨　139000円
焼肉×××　3820円
×××ホームセンター　○○店　3865円

――などといった具合である。

会社であるから文房具や電気用品、トイレ周りの品々、清掃用具、消耗品は必要なのだが、それらすべてはいつも決まった業者から購入しているため、これらは私的流用としか思えなかった。まるで、会社の帳票ではなく個人の家計簿である。

しかも、篠原はこうした怪しい帳票を見つけるだけでなく、一件一件、明細と金額をエクセルの表に入力していったのである。当然、その数は膨大なものになり、篠原の労力も相当なものになっていった。

いったい一冊のフォルダでどれだけの件数と金額になるのか、フォルダの調査に手をつけた段階で、篠原はこの先に待ち受けている作業の全容に恐れをなしていた。

＊

これまでのところ、一か月でおよそ百万円が支払われていた。ということは年間にして約一千二百万円である。いつ頃から始まったのか、今のところ定かではないが、単純計算すれば、私的流用だけで過去十年で約一億二千万円にも上る。

その後、しばらくして二人はやっと五年分の帳簿の調査を終え、資料室から別の帳簿類を運び込み、それ以前の時期の調査にとりかかった。

五年分で、さゆりが横領した金額はやはり六千万円近くになった。ということは、もしも創業後、すぐに始めていたら、四倍の二億四千万円にもなる。

これからまだ見ていない通帳やさゆりのパソコンの中から、他の横領の痕跡が出てくるかもしれない。それを考えると何億円になるか分からないと二人は恐ろしくなった。

「宮澤さんがいつから横領していたか分かりませんが、本当に憎たらしいです。私たちが汗水たらして働いて得たお金を、こんなふうに勝手に使っていたなんて！」

「僕ね、今回のことが発覚して、当然、彼女には怒りが収まりません。でも、それを見逃していた自分自身にも腹が立つんです。正直、彼女を刺し殺して、自分も死にたいくらいです……。でも、そんなことをしたら、僕自身が悪意に負けたことになるし、この会社はなくなってしまうでしょう。だから、僕は彼女の悪意を上回る善意でい続けたいと思います。あ、今のは独り言です。聞かなかったことにしてください」

「社長、今、何か言いましたか？」

篠原は竹内の辛い心情を汲み取って、そう言って笑った。

「……でも、素晴らしいことだと思います」

「ありがとう。彼女が奪った分のお金で、社員の給料だってもっと上げてやれたし、ボーナスだってもっと払えたでしょうね。本当に悔しいですよ」

竹内がそう言って黙ってしまうと、篠原は「社長、今日はもう遅いからこれくらいにして帰りましょう」と言って、片づけを始めた……。


翌日も、二人は朝から社長室にこもって、帳簿の調査に追われた。

篠原は作業の途中で度々手を止め、疲れを取るように首をぐるぐる回し、続けて右手で左肩を、左手で右肩をトントンとたたいた。それを見て竹内も同じようなことをした。

「老眼には細かい数字は辛いですよ」と竹内。

「ほんと目は疲れるし、肩が凝りますね。でも、見れば見るほど、宮澤さんのお金への異様な執着を感じます。彼女って、会社のお金を自分の財布、それかATMのように思っていたということですよね。食事代から日用品、本代など、自分の給料はいっさい使わずに生活していたんじゃないんでしょうか?」

篠原がつぶやいた。

「まさにそうとしか言いようがありませんね」

「横領って言うと、男性、あるいは女性が愛人に貢ぐためとか、ギャンブルの穴埋めって感じで、一度に大きな金額が動く犯罪のように思っていたんですけれど、そんなケースばかりじゃないんですね。実際は、こんな小さな金額の積み重ねなんでしょうね」

「確かに、一件一件の金額は小さいですけれど、いつから、どれだけの頻度でやっているかで違ってきます。この感じだと相当大きな金額になりますよね。私はそれが心配です」

竹内はそう言って、メガネを取って眉間を右手で軽く揉んだ。

「それにしても、ほんと計算が大変です。でも、まだ通帳を確認しないといけないし、彼女のパソコンや机まわりも調べないといけないですしね。これくらいで弱音を吐いていられませんね」

二人は顔を見合わせ、もう何度目になるか分からないほど何度目かのため息をついた。

〝いったいいつになったら全部終わるんだろう。まるで富士山、いや、エベレストの頂上を目指して登るようなものかもしれない。気が遠くなるような作業だな〟

竹内は暗澹たる気持ちになった。

*

竹内と篠原は、帳簿フォルダの調査を進める一方で、会社の通帳を調べ始めた。テックビジョンが取引している銀行はメインバンクとその他の地方銀行や地元の信用金庫などいくつかあり、通帳は何十冊にも及んだ。

それぞれの通帳には「支払い金額」と「預かり金額」が記され、その横には相手方の名前が記されている。ただ、キャッシュカードを使って下ろされた金額や窓口での送金には明細が出ないため、その脇にはお金の用途がさゆりの手書きで書き込んであった。

項目は「家賃」「市民税」「損保手数料」「×××通勤手当」「×××への振込」などさまざまで、詳細に調べればそれが本物かどうか分かるはずだった。

そんな中に、篠原が奇妙な一文を見つけた。

「宮澤　お借りしました」

――金額は数万円から数十万円で、そもそも会社の口座から社員がお金を借りるなど、それ自体が横領と疑われても仕方のないものであり、「お借りしました」と書いたからと言って許されるものではない。その点で、さゆりが会社の口座を自分のＡＴＭのように考えていたことの証しになるのではないだろうか。

奇妙なことに、時折その逆に〝ミヤザワサユリ〟名義で会社の口座にお金が振り込まれていることもあった。彼女からすると借りたお金を返却しているつもりなのだろうが、そもそもこうした行為自体が許されるはずがない。

それを見た篠原はこう言った――。

「これはもしかしたら、税理士に詳細を訊ねられた際に、『確かに借りているけれど、しっかり返しています』と主張するためのものかもしれませんね」

興味深いのは、自分で入金したその直後、またもやキャッシュカードで数万円を引き出している点で、こうなるともう意味が分からない。ざっと計算してみても、明細の不明なものも含めてさゆりが〝お借りした〟金額のほうが多いのは明白であった。

竹内はそうした金額をどれだけ計上していけばいいのか分からず、不安を覚えながら該当する項目のページに付箋を貼り、日付と金額、名目をノートに記し、その後に篠原がパソコンに打ち込んで一覧表にしていったのである。

＊

「社長、これ見てください」

ある日、会社の通帳を調べていた篠原が竹内に声をかけた。

「ほらこれ、十二月三十日にキャッシュカードで五万円引き出されています。しかも、こっちでは一月二日に八万円引き出しています。いずれも会社は正月休みですよ！」

「年末は帰郷のお土産でしょうか？　正月は……家族の会食代でしょうかね」

篠原が差し出した通帳を見た竹内はそう推理して、苦笑するしかなかった。

また、興味深いのは社用車を持っているために会社から供与されていたETCカードやガソリンカードが、実に頻繁に私用されていたことである。篠原がそれぞれのカードの使用明細を調べてみると、その中に、大月や甲府付近で使われた形跡が多数あった。

「きっと、社用車で実家に帰っているんだわ！」と篠原。

さらに、カードの使用頻度が異様に高いことから疑問に思って、ある時、神山に聞いてみたところ、こんな答えが返ってきた。

「宮澤さんはよく、関東近郊に営業に行く社員に『使っていいわよ』と言ってETCカードやガソリンカードを貸してましたよ」

「なるほど、そういうことか」

〝木を隠すには森の中〟という諺があるように、自分が私用でカードを使っているのを目立たせないため、社員には好意と思わせつつ、わざわざカードを貸していたのだ。

そうすれば明細にいろいろな地域が登場してもおかしくないし、かつ、使用頻度が増えれば増えるほど誰がいつ使ったものか調べるのに手間がかかるため、さゆりが個人で使った履歴が埋もれていくというものだ。

巧妙な手口のように思えるが、結局のところ、悪事は白日の下にさらされるのである。

その後、取引先からの請求書を偽造しているのではないかという疑惑も発覚した。この件にはさゆりのみならず、何ともう一人の協力者がいたのである。

もう一人とは、誰あろう、横領事件を起こして解雇された娘婿の岩村敬太である。

請求書関連の帳簿を調べていた篠原は、S社からの請求書が、ある時からカラーではなく、モノクロのものが交じるようになっていることに気がついた。

その会社の請求書にはさゆりと岩村の印鑑が押されていたのである。

「社長、このハンコの組み合わせは怪しいと思いません？」

「確かにそうですね。しかも、なぜ途中からモノクロになるのか、疑問ですね」

「モノクロの請求書になってから二人の印鑑になっているんですよ。おかしいですよね。先方に確かめてみましょう」

早速、篠原が先方の会社に確認してみると、すぐに「もちろん、うちはいつもカラーで印刷してるよ」という返事がきた。篠原が、モノクロだったことはないか訊ねると、「ないこともないが、滅多にない」という答えだった。

「社長、あまり考えたくないことなんですが、宮澤さん、いや、宮澤はやっぱり息子の岩村と共謀していたんじゃないでしょうか？」

篠原にそう訊ねられて、竹内も、同じ考えが頭に浮かんだと話した。

「請求書のフォーマットはよくあるフリー素材です。そっくりの請求書を作って数字を変えて、差額を懐に入れていたのかもしれません。カラーでプリントすればいいものをモノクロでプリントしているということは、自宅のプリンターを使っているのでしょうね。義理の親子で共謀ということも十分考えられます」

「しかし、会社のお金を勝手に引き出したり、何でも買ったりするだけで飽き足らず、偽の請求書を作ってお金を奪うなんて、どれだけお金に執着が強いんでしょう」

竹内の言葉に、篠原はそう言いながら、岩村に関して思い出したことがあった。

＊

岩村が解雇されたあと、篠原は大泉と一緒に、岩村が残していった物を整理する機会があった。必要のない廃棄物がほとんどだったが、その中に数冊の本があった。

タイトルを思い出す限り挙げてみると、『人を操る10の方法』『相手の心理を読むテクニック』『洗脳マニュアル』……など似たような種類の本ばかりで、その他には競馬に関する本も一冊あった。

残された本が人の心理に関するものばかりであることに篠原は嫌悪感を覚え、すぐに資源ゴミとして出してしまったのを覚えている。

しかし、さゆりの横領が発覚した今、岩村の存在意義を改めて考えてみると、たまたま正体を隠して義理の母親と同じ会社に入ったとは到底考えられない。たまたまなら正体を隠す必要はないはずだ。二人の関係を隠すということは、そこには何らかの形でさゆりの思惑が働いていたと考えるのが当然ではないだろうか。

――だとしたら、岩村の事件とさゆりの事件はつながっている可能性が限りなく高い。

恐らくお金に異様に執着心の強いさゆりのことである。テックビジョンからもっとたくさんのお金がしぼり取れると考えたさゆりが、意図的に義理の息子を送り込んできたのかもしれないと篠原は考えた。

そう考えれば、岩村の横領が発覚した際も、最後までさゆりが無関心を装っていたことが頷ける。仮に二人の横領が無関係であれば、さゆりはそれこそ会社の金＝自分の金を横取りした岩村を、たとえ義理の息子であっても糾弾し、激しく罵ったであろうからだ。

そうしなかったのは、共謀の発覚を恐れたからに違いない。

〝今思えば、横領が発覚した時の岩村の許しを乞う態度は、まるで演技のようだった〟

岩村は、万が一、横領が発覚した時に備えて、本を読んで人をだます勉強をしていたのかもしれない。本来であれば即刻警察に突き出していたところを、心底反省しているかのような岩村の姿を見て、被害額の返済と懲戒解雇に留めたのは事実だ。

それが最初から想定内の展開だったら……そう考えると、まるで悪魔のような計画に恐ろしさすら感じ、二の腕に鳥肌が立った篠原であった。

そして、そうした考えを篠原から明かされた竹内は慄然とした。

「今、興信所に頼んでいる身辺調査で、岩村君のことも何か分かるかもしれません」

「そうですね。その結果を待ちましょう」

竹内と篠原は、自分たちがそこまで騙されていたとは考えたくもなかった。

*

二人がさゆりの横領の痕跡を調べていたある日、さゆりから、さらに通帳が何冊か送られてきた。喜んだのも束の間、通帳に一通り目を通した篠原は、開口一番、苦い顔をして竹内にこう言った。

「これもまた、ほとんど使っていないやつですね」

確かに通帳に記帳された項目は、四月に一回、次は七月に一回、十月に二回、十二月に一回、一、二、三月に一回ずつしかお金の動きがない。一年間のお金の動きが見開き二ページに収まってしまうような通帳が普段使いの通帳のはずがない。

　これには竹内も同感で、見せても差し支えない、いわば〝捨て駒〟の通帳だけ送ってきたに違いないと確信した。

「こんな通帳を見せられても、証拠を見つけられませんね。いざという時に見せるためだけに記帳された通帳ですね」

　竹内がそうつぶやいたが、篠原はそんな〝捨て駒〟とも呼ぶべき通帳の中にも確たる証拠を見つけようとしていた。

「社長、全くそのとおりだと思います。でも、これを見てください。残金がマイナスになっているじゃないですか。これは普通預金だけでなく、同じ銀行に定期預金の口座を持っていることの証拠ですよね。じゃないと残金がマイナスになるなんてありませんから」

「なるほど。そう言えば、そうですね」

　竹内は篠原の〝調査能力〟に感心するしかなかった。

　通帳が〝捨て駒〟ばかりだと気づいたあと、竹内はさゆりに電話をして、一日も早く〝本命〟の通帳を出すよう催促した。

「宮澤さん、今回送ってもらった通帳も、メインに使用している銀行とは違うでしょう。残額が常に数十万円というのはどう考えてもおかしいですよ。定期預金の口座だってあるようですし、ちゃんと日常的に使っている通帳を出してもらえませんか？」

受話器の向こうで、突然、さゆりは鼻をすすり始めた。

「社長、私もうお金ないんですよぉ。分かってくださいませんか……」

「宮澤さん、今さら泣き落としにはだまされませんよ。他にも通帳があるでしょう。それを見せてください！」

竹内はそう言って電話を切った。

第十章　最後に正義は勝つ

　さゆりの横領が発覚して数か月が経ち、世界が大きく揺れた二〇二〇年が幕を閉じて、二〇二一年がやって来た。

　いまだ新型コロナウイルスの感染拡大は収まることはなかった。

　次々と変異株も出現し、二〇二一年が終わる十二月三十一日時点で、累計感染者数は約百七十三万人、死者数は一万八千人を超えていた。また、世界に目をやると感染者数は約三億人に迫り、死者数も約五百四十万人となっていた。

　二〇二一年一月七日、持病の潰瘍性大腸炎が悪化して首相の座を辞した安倍晋三の跡を継いだ菅義偉（すがよしひで）首相が、東京、千葉、埼玉、神奈川に二度目の緊急事態宣言を発出した。


　竹内と篠原は正月も返上して調査に追われていた――。

　ここまで帳簿類を約十年間分調べた結果、私的流用に不正な引き落としを含めたさゆりの横領額は、概算で一億五千万円近くに上っていた。これは当初の予想金額を超えていたことから、竹内と篠原が受けた衝撃は相当大きかった。

そんな中、帳簿類や通帳の調査の傍ら、二人はさゆりのデスクやパソコン周りの調査も始めていた。そして、さっそく新たな不正が次々と見つかった。

その一つが、袖机の一番の上の引き出しから出てきたメモである。

竹内も篠原も今さら驚かなくなったが、そのメモにはこう書いてあった。

「¥50000　お借りしました」

しかも、一枚ではなく、それぞれ金額の違うメモがいくつも見つかったのである。

その中の一枚は、デスクと引き出しのレールの間に挟まってしまっていた。篠原が取り出そうとしても引っかかってちぎれてしまい、全部取り出すのが思ったより大変だった。

「いったい何に使おうと思って書いたんでしょうね」

篠原の問いかけに竹内は、「うーん、分かりませんね」と首をかしげるしかなかった。

「彼女にとってはあくまで会社のお金を〝借りてる〟感覚なんでしょうか。社長、ほんとに腹が立ちますね。罪を犯した人間は絶対罰せられるべきですよ！」

＊

さゆりのデスクの引き出しの中からは、奇妙な金銭借用書も見つかった。

それは埼玉県にある会社が、テックビジョン社長の竹内から二百五十万円を借りたという内容の社判付きの借用書である。そして、何が奇妙かというと、そこに書かれた文章である。

〝返済は四か月後の×月×日に限り、所定の場所で返済する〟

〝このお金はＳ銀行××支店に返済するもので、他へは絶対に流用しない〟

書類自体はファクシミリで送られてきたものだが、おかしなことは返済の際の特記事項だけでなく、書面の上部に記された送信日付が文面に書かれた日付の前日ということだった。つまり、未来から時を超えて送られてきたファクシミリということになる。

この借用書には、竹内も篠原もいろいろな意味で首をかしげるしかなかった。

篠原がその会社をインターネットで調べて電話してみたところ、先方はお金を借りたことなどないし、書面でそんなやり取りをしたこともない、そもそも竹内社長と面識もないということであった。もちろん、社判を使わせたことなどあるはずがないと強調した。

なぜこんな書類があるのか疑問に思った篠原は、さゆりが欲しかった〝賞与分〟として会社の口座から振り込まれた二百五十万円を正当化するために作った書類ではないかと考えた。そこで、該当する日付のあたりに同額の出金がないか会社の通帳を調べたところ、幸いなことに見つからず篠原は胸を撫で下ろしたのであった。

続いて、給料台帳を調べたところ、またもや次々と新事実が露わになった。

その一つが賞与額の偽造であった――。

テックビジョンでは、賞与の額を決めるにあたっては、まず自己申告し、社長の竹内がその金額が妥当かどうか判断して最終的に金額を決める。

ある年の暮れの賞与額を決める際、さゆりはメールで〝四十万円〟を希望し、それを竹内も了承した。しかし、さゆりは承認後に金額を二百万円と訂正し、大胆にも会社の口座から勝手に引き落としていたのである。

驚くべきことに、これ一回で実に百六十万円もの横領である。

また、決算役員配当金についても、竹内と変わらない金額を無断で自分の口座に振り込んでいる。竹内は役員報酬のみで賞与はないため、何とさゆりは社長の竹内より高額の年収をもらっていたことになる。

「よく宮澤さんは自分のことを〝ナンバーツー〟と言っていたそうですけれど、ナンバーツーどころじゃなくて、ナンバーワンだったんですね」

これには篠原は怒りを通り越して笑うしかなかった――。

*

こんなふうに次から次へと簡単に横領の痕跡が出てくるさゆりであるから、パソコンに残されたデータやメールの履歴からも、奇妙な文書が相次いで見つかった。

その一つは、さゆりに八王子税務署の課税課から問い合わせがあったことを知らせる税理士からのメールだった。

戸籍謄本などの本人確認と課税証明書の送付、そして、家庭環境とそれにかかる費用などを書面で提出してほしいという内容で、それに対するさゆりの返信も残されていた。

竹内と篠原は返信された内容にも疑問を感じたが、それ以前に、税務署から問い合わせがくること自体を疑問に思った。

一介の会社員に、税務署から問い合わせのメールが来ることなど九十九パーセントないと言っていい。それなのに、さゆりの元に問い合わせがくるということは、それだけさゆりが大金を稼いでいるということの証明にほかならない。


そこで篠原は、八王子市に住む女性の長者番付を調べてみた。するると、何と宮澤さゆりの名前が載っていたのである。これにも二人は驚いた。〝高額納税者〟であるさゆりの金の動きと金額に税務署は目をつけていたというわけだ。

「うちの会社に長者番付に載るような人がいたなんて、驚きですよ」

篠原からその話を聞いた竹内も驚いた。

「中小企業の一介の専務がどれだけお金持ちなのか！　これは本当に彼女の通帳を見せてもらわないと気が済みませんね。あっと驚くような金額なんでしょう、きっと」

竹内は怒りに震えて篠原を見た。

＊

パソコンに残されたデータの中で、竹内と篠原が一番驚いたのは、損害保険会社とのメールのやりとりであった。

そこには竹内とさゆり、二人の退職金プランの締結内容が記されていた。

メールの文面によると、六十五歳での竹内の退職金が三千万円であるのに対して、さゆりの退職金は何と社長より多い四千万円であった。

「社長より宮澤のほうが一千万円も多いですよ！」

篠原は思わず声に出してしまった。

締結したのはさゆりの専務時代で、もちろん、竹内には何も知らされていないさゆりの独断専行であった。社長より専務のほうが多い退職金に、果たして損保会社の担当者はどう思ったのか聞いてみたいと思った篠原であった。

しかも、このメールには続きがあって、社長の竹内の契約には何と最高二億円の死亡保険が含まれていたのである。

「自分に二億円の生命保険をかけられていたなんて、全く知りませんでした」

これに竹内は驚愕した。

「確かに中小企業の社長さんが、もしもの時のために自分に生命保険をかけるようなケースはありますよね。でも、本人が知らないはずがない。もし社長に何かあったら、会社に振り込まれた二億円は経理を担当している宮澤が着服しようと思っていたんでしょうか。彼女の思惑どおりになっていたら、まるで二時間ドラマじゃ……」

そう言いかけて、篠原は「あっ！」と大きな声を出した。

「社長の社用車におかしなパンクやフロントガラスのひび割れが続いた時期があったのって、この頃じゃないですか！」

それを聞いて、今度は竹内がゾッとする番であった。

「確かにそうですね。契約早々、彼女は、私を事故に見せかけて殺そうとしていたんでしょうか？　そんなこと考えたこともありませんでしたけれど、だとしたら、本当に恐ろしいとしか言いようがありません。私のストーカーをしていたのもそのため……」

「社長、これ、仮定の話じゃないですよ。本当に危なかったんですよ！」

「小説やドラマの世界だと思ってましたよ。保険金目当てで社長が殺される話なんて。まさか僕自身に降りかかっていたとは思ってもみませんでした」

さゆりの横領が露呈して数か月、竹内と篠原の精神状態はどうにか落ち着きを取り戻していたが、ある時殺人未遂のニュースを見た時、再びその恐ろしさに驚愕を覚えた。

横領や窃盗と殺人では、どちらも犯罪であることには違いないが、同じ犯罪でもレベルが全く違う。殺人は生命の尊厳を奪うもので、人間としてやってはいけないことの一番上にくる犯罪であることは間違いない。

竹内はそこまで考えて〝ハッ！〟としたのだ。以前、立川駅で会ったことのある川村から聞いた話をはっきりと思い出したからだ。

「篠原さん、前に川村さんという人に会いましたよね。彼女が以前勤めていた会社の人です。彼が、会社の相談役と社長さんが相次いで亡くなったとおっしゃっていたじゃないですか。それってもしかしたら……」

「社長、もしかしたらじゃないですよ、きっとそうです。その二人は宮澤が……」

――篠原はそう言いかけて口ごもった。自分が言おうとした言葉に自分で驚くほかなかったのである。すると、竹内が続けた。

「親子揃って横領犯だけじゃなく、二件の殺人に殺人未遂ですか。これは映画になりますね。そうなると彼女の役は誰がやるんだろう？　宮澤つながりで宮沢りえかな。そういえば、宮沢りえは『紙の月』っていう映画で横領する銀行員役をやってましたね」

「社長、彼女は宮沢りえほど綺麗じゃないですよ！　宮沢りえに失礼です」

篠原がバッサリ切り捨てた。

現時点では単なる推測でしかないが、一人の人間の周囲で二人が不審死を遂げ、もう一人は自分が知らないうちに生命保険をかけられていて、しかも命に関わる事故が起きている。三つも偶然が重なる確率など果たしてあり得るのだろうか。

それがあり得るとしたら、そこに何らかの意図が働いているからに違いない。

二人は、自分たちが知る宮澤さゆりという女性が、横領犯というカテゴリーに留まらない恐るべき殺人犯である可能性に思い至って愕然（がくぜん）とした——。

竹内は翌日、川村に電話をして、前回と同じ喫茶店で会うことを決めた。

三日後の二〇二一年六月十一日、二人は喫茶店で向かい合って座り、竹内は運ばれてきたコーヒーを一口飲んでからおもむろに話し始めた。

「川村さん、これからする話はどなたにも秘密にしていただくようお願いします」

「もちろんです。信頼してください。何か分かったことがあるんですね」

川村は興味津々で竹内の顔を見た。竹内はその後、さゆりの横領が発覚したことや、現在、調査を進めていることを川村に打ち明けた。

「そんな中で、彼女のパソコンから損保会社とのやり取りのメールが見つかりました。そして、そのメールは、私の知らないところで私に生命保険がかけられていたことを示す内容でした。額は二億円です」

「え！　知らないうちに生命保険がかけられていたんですね。しかも二億円！」

「そうなんです。当時、総務・経理担当専務だった宮澤以外誰も知りません。当然、私に何かあって会社に二億円が支払われていても、彼女以外誰も知らないままでしょう」

「そんなことってあるんですか？　怖いですよ」

川村は驚いた顔をして、唾をゴクリと呑んだ。

「中小企業の社長が家族を受取人にして、ということならあるでしょうが、それとは全く違いますからね。しかも、当時、私の車がしょっちゅうパンクしたり、フロントガラスにひびが入っていたり、よく異常が起きていたんですよ……」

「本当ですか！　それじゃあ保険金殺人事件……」

そう言いかけて、川村はすべて理解したようだった。山本相談役と一条寺社長の死がまさにそれだったのではないかということだ。

「竹内さん、ありがとうございます。よく分かりました。うちの会社では、今では彼女が関係していた痕跡を調べるのは極めて難しいことですが、帳簿類など残っているものもあると思いますので、できる限り調べてみます……」

二人は、今後もお互いに情報提供をしていくことを約束して店を出た――。

竹内が会社に戻った頃、篠原はパソコンでさゆりの横領の記録を整理していた。

「今、川村さんと会ってきました。弁護士の先生と相談して、現時点の調査結果を基に、一刻も早く警察に届けたほうがいいかもしれませんね。これ以上、犠牲者を出さないためにも。彼女のように凶悪な犯罪者を野放しにしておくのは恐怖でしかありません」

「まったく、そのとおりです。早く牢屋(ろうや)に入れないといけません」

竹内と篠原は心の底からそう思った――。

*

コロナ禍で一年延期になった東京オリンピックと、それに続くパラリンピックも無事に終わり、喧騒(けんそう)も去って祭りのあとのような平穏な日常に戻った二〇二一年の九月上旬、ようやく二人の調査がひとまず終了した。

竹内と篠原の、およそ一年間にもわたる熱心な調査の結果、私的流用や不正な引き落としによってさゆりがテックビジョンから横領した金額は、約二十年間にわたって実に約二億六千万円にも及ぶことが判明した。

この調査結果を受けて、竹内は弁護士とも相談して、ついにさゆりを警察に訴えることを決断したのである。

日本の刑法には、横領に対する刑罰は以下のように決められている――。

第三十八章　横領の罪

（横領）

第二百五十二条　自己の占有する他人の物を横領した者は、五年以下の懲役に処する。

（業務上横領）

第二百五十三条　業務上自己の占有する他人の物を横領した者は、十年以下の懲役に処する。

二〇二一年十一月二十六日、もうすぐ十二月だというのに日差しも強く、外を歩いていると厚着の下でじんわりと汗をかいてしまうような晩秋の一日だった。

しばらく前に、テックビジョンは創業からちょうど二十年目の記念すべき年を迎えていたが、さゆりの横領事件の調査に忙殺されて、祝うどころではなかった。いつか事件が一段落した時に、改めてお祝いしようと竹内は考えていた。

竹内は証拠書類の一部を鞄に詰め、篠原と弁護士と一緒に会社から歩いて十五分ほどのところにある立川北警察署を訪ねた。

担当したのは知能犯を担当する捜査二課の若い刑事・清瀬(きよせ)だった。

竹内と篠原は、さゆりによる横領事件の一部始終とその義理の息子のこと、さゆりの前の会社の関係者二人が不審死を遂げていること、そして、竹内に生命保険がかけられていたことと車に手が加えられていたことなどまで一切合切をすべて話した。

そんな中、刑事事件で追及できるのは過去五年分と知り、二人はショックを受けた。ということは、さゆりが犯した罪の四分の一しか罰せられないことになるからだ。

竹内は、もっと早く気づいていればと再び思ったが、後悔していても始まらない。

二人の悔しそうな表情を見て、清瀬が口を開いた。

「今回の場合、会社のお金を私物化しているということで単純横領罪に相当します。この場合、公訴時効は五年です。しかし、民事事件における時効は二十年ですので、二億六千万円分の訴訟を起こすことも可能です。ですから、まずは五年分の被害総額六千万円の刑事事件として訴えることから始めるのがいいと思います」

竹内と篠原は、清瀬の丁寧な説明に「分かりました」と頷くしかなかった。

清瀬が書類に書き込んでいる間、

「これ、絶対、有罪にできますすよね」と篠原がつぶやいた。

「絶対とは言えませんが、これだけの証拠が揃っていれば、有罪は間違いないでしょう。おそらく、実刑になる可能性が高いと思われます」

「横領罪だけでなく、宮澤は殺人もしているかもしれません。その件はどうでしょう？」

「そちらに関しては二十年以上前のことですし、担当の人間と相談してみますのでしばらくお時間をください」

悔しさで溢れる気持ちを抑えて、二人は五年分約六千万円の横領罪を追及すべく、宮澤さゆりを法的に訴える手続きを取り終えた――。

*

警察署からの帰り道、街はすでにクリスマスムード一色で、そこかしこに華やかなイルミネーションが煌めく中、竹内と篠原は喫茶店でひと休みすることにした。

コーヒーが運ばれてくると、竹内は一口飲んで、篠原に話しかけた。

「街はすっかりクリスマスですね。このところやることが多すぎて、そんなことすっかり忘れてましたよ。篠原さん、本当にお疲れさまでした」

「社長もお疲れさまでした。ようやく一段落できますね」

「ですね。でも、これで終わりじゃないです。まだまだ始まったばかりです。これからもいばらの道が待ち受けているでしょうけれど、よろしくお願いします」

「何を言っているんですか、社長。もちろん、これからも頑張りますよ」

「ありがとう、篠原さん。それにしても、篠原さんの調査能力はすごいですね。税務署以上じゃないですか。探偵としても十分やっていけると思いますよ」

「ほんとですか！　そしたら、来年は新たに調査部門でも作りますか」

そう言って篠原が笑うと、竹内もつられて笑った。

――竹内は大きく息を吐いて、テーブルに置かれたコーヒーを口にした。そして、窓の外を行き交う人々をゆっくりと眺めながらこう言った。

「最近、僕、思うんです。暴力的な人、嘘つきの人、物を盗む人、さらには人を殺す人……。そういう人って世の中にたくさんいますよね。テレビや新聞で毎日そういう記事に接していても、結局、他人事なんですよ。まさか、そういう人が自分の隣にいるとは思わない。今までの僕がそうでした。でも、そうじゃない。実はそういう人って、すぐそばにいるんです。会社の隣の席に、たまたまそういう犯罪者が座っていることがあるんですね」

竹内の言葉に、篠原も同意するように大きく何度か首を縦に振った。

「昔、僕の父は『人をだますより、だまされるほうがいい』ってよく言ってました。僕も同じです。今回みたいにだまされて損をしたからといって、悔しいから誰かをだましてお金を奪ってやろうなんて気持ちはこれっぽっちもありません。今、そう思うんです」

「私も、人をだますような人間にはなりたくないですね」

篠原もそう言って、コーヒーを口にして窓の外に目をやった。

「彼女が僕らを踏み台にしたなら、僕らはこの事件を踏み台にして、会社をどんどん大きくしていきましょう！」

「そうですね。そうしましょう！」

ようやくさゆりの横領事件にひと区切りをつけることができて、肩の荷を少しだけ下ろすことができた二人であった。しかし、さゆりの横領事件の調査に時間を奪われていた分、会社の業務がおろそかになっていたところもある。

もちろん、これからも裁判に時間を奪われることになるだろうが、それ以上に会社の成長に全力を注がなければいけない……。二人はより一層の覚悟で臨むことにした。

ジングルベルが流れる街には、楽しそうに家路を急ぐ人々の姿があった――。

*

二〇二二年が明けて間もない一月十日、正月気分も抜けた頃、テックビジョンの業務と裁判の準備に追われる竹内の元に、ようやく興信所からの調査結果が届いた。

そこにはさゆりと岩村を含めた家族の現況と周囲での評判、普段の生活形態の他、前職、つまり、川村の会社での評判や噂話、さらにはさゆりの地元・甲府に帰った際の行動なども記されており、時間がかかった分、報告書や写真でかなり分厚いものとなっていた。

「これは読むのに苦労しそうだな」と竹内はつぶやいた。

すぐにでも読みたくなる気持ちを抑えて、竹内は目の前の仕事に戻った。

――その週末、コーヒーを片手に竹内は報告書に目を通した。

すると、まず分かったことは、テックビジョンを解雇されて一年、現在、さゆりはウォーターサーバーの訪問販売をしているとのことだった。しかも、一人住まいの高齢者の家を中心に回っていると書かれていた。

それを知って、竹内の胸に再び不安の種がまかれたような気がした。

〝うちの会社のお金をあてにできなくなった分、今度は高齢者からお金を巻き上げようとしているんじゃないだろうか……〟

従来からよくある太陽光パネル詐欺やリフォーム詐欺、あるいは老人ホームへの入居権を巡る詐欺や、リゾート地や農地などを対象にした投資詐欺など、高齢者を相手にした詐欺が増えている。しかも、最近では高齢の詐欺師が高齢者を狙う〝老老詐欺〟が増えているという記事を、竹内は新聞で目にしたことがあった。

ウォーターサーバーの販売で訪れた高齢の男性からお金を騙し取っているかもしれないし、竹内自身が狙われた経験から、財産のある独り身のさびしい高齢者を誘惑して保険金をかけ、殺害して遺産をかすめ取ることだって考えていないとは言えない。

これ以上、無辜（むこ）の犠牲者を増やさないためにも、一刻も早くさゆりを横領で有罪にして塀の中に送らないといけないと竹内は決意を新たにした。

もう一つ、やはりさゆりのギャンブルについても書かれていた。

さゆりは東京競馬場でのＧⅠレースはもちろん、川崎競馬場や大井競馬場にもよく行っていたようだ。競馬のみならず、立川競輪場や多摩川競艇場にも通っていた。休みの日には、必ずそのどれかに行っているようなものだと報告書にあった。

しかも、東京競馬場でＧⅠレースが開催される日は、娘夫婦と孫娘、つまり、岩村夫婦とその娘と一緒に一家総出で一日中滞在しているということだった。

岩村をよく知る人間の話だと、さゆり親娘と出会ったのも東京競馬場だったようだ。

〝やはりギャンブル狂だったのか。立川近辺には競馬、競輪、競艇があるんだから、ギャンブル好きには夢のような場所かもしれない。そう言えば、二度目に会った時、会社が立川と話したら、自分は運が良いと言ったのはそういう意味だったのかもな〟

竹内は、血に飢えた狼（おおかみ）、いや、女狐（めぎつね）をウサギ小屋に解き放つようなものだったのかと、自分が立川で会社を興した皮肉な運命に苦笑するしかなかった——。

エピローグ　訪れた平穏な日々

時は流れて、二〇三一年十月一日——。

テックビジョンはこの日、創業三十周年の記念すべき日を迎えた。

取締役社長の座を息子の俊太郎(しゅんたろう)に譲り、代表権のない会長となった竹内誠は、すっかり経営の第一線から退いていた。週に二日程度は会社に顔を出して経営状況のレクチャーを受ける程度で、経営戦略の舵取りはすべて、俊太郎に任せていた。

それができるのも、篠原祥子が副社長として俊太郎を支えていたからだ。

テックビジョンはこの十年間でさらなる成長を遂げ、社員数約百人、売り上げは百億円を超えるまでになった。横領事件当時、竹内が社外のシステムエンジニアたちとプランニングしていた新たなシステムも完成し、テックビジョンの売り上げに大きく寄与した。

〝雨降って地固まる〟という諺のとおり、宮澤さゆりという悪意ある存在が消えたことで、テックビジョンという会社には社員間のさらなる結束と忠誠心、そして業務への前向きな熱意がもたらされた。

竹内も以前のように多忙を言い訳に外ばかり見ているのではなく、会社の中にも目を配り、総務・経理関係のチェックもしっかりするようになった。もちろん、新たに人材を採用する際にはその人物の人柄と能力をとことん見極めてから採用した。

だからといって、四六時中勤務態度を厳しく管理するのではなく、その一方で、個々人が裁量を発揮すべき時は信頼して任せていた。竹内自身が経営者として一皮むけたような、あるいは一回り大きくなったのかもしれない。

そして、起訴した日から五年後の七十歳で、きっぱりと社長を退任したのである。


さて、さゆりの裁判は起訴から一年半後に結審し、検察が求刑した懲役五年に対し、東京地方裁判所は事態を重く見て、そのまま五年の実刑判決が下された。さゆりは判決を不服として控訴したが、東京高等裁判所は棄却し、実刑が確定したのである。

一方で、竹内は民事裁判も起こしたが、残念ながらこちらは勝訴したもののさゆりに支払い能力がなく、二億円を超える金額は戻ってくることはなかった。

当然、さゆりの横領事件はテレビや新聞、ネットニュースなどで大きく報道された。

その結果、テックビジョンにも一時、記者が張り込みをしていることがあって大変だったが、それはさゆり一家も同様であった。さゆりの家にほど近いマンションに住んでいた岩村夫婦も好奇の目にさらされ、いつの間にか引っ越した。小学校に上がったばかりの娘も転校してしまい、今ではどこに住んでいるか不明であるという。

もちろん、刑期を終えて出所したさゆりも八王子の家や甲府の実家にも戻ることはなかったようで、その後の行方は分からなかった。

事件後、竹内と篠原は取引相手などさまざまな人からさゆりについて聞かれた。迷惑をかけたことを竹内が詫びると、さゆりを知る人は決まって口々にこう言った。

「宮澤さんが横領事件を起こすような犯罪者だったなんて！　いつも笑顔でおいしいお菓子を持ってきてくれるから、てっきりいい人だとばっかり思ってたよ」

「うちも経理は任せっきりだけど、気をつけないといけないなあ。基本的には信用しているけれど、どこまで信用していていいのかとなると……難しいなあ」

「俺もすっかり騙されていたよ。会社のお金を何億も横領するなんて言語道断だよ。もしかして、いつも持ってくるお土産も会社のお金で買ったのかね？」

竹内が「はい」と答えると、誰しも「絶対に許せない！」と憤慨する顔を見せた。

事件からしばらく経ったある日、竹内は旧知の秋津らとゴルフに行った。その時も、秋津は顔を合わせるなり、横領事件のことを知ってびっくりしたと竹内に告げた。

「ゴルフだって盛り上げてくれてたけど、もしかして、あの時のゴルフ道具も？」

竹内の顔を覗きこんで、秋津は訊ねた。

「おそらくそうだと思います。ゴルフショップの怪しい伝票もありましたから」

「そうかぁ。いやあ、俺も紹介した手前、本当に申し訳ないと思ってるよ。ほんとに済まん。

竹内君たちも大変だったろうけど、悪事が暴かれたのはほんと良かった」

秋津はそう言って頭を下げ、竹内のこれまでの苦労をねぎらった。

さゆりの悪事が発覚してから一年くらいの間、会う人ごとにそんなやりとりが続いた。みんな、さゆりのような悪人がすぐ隣にいたことを知って心の底から驚いていた。その度に竹内自身も〝人は見かけによらぬもの〟といっそう気を引き締め、「××さんも気をつけてくださいね」と、相手に声をかけたものだった。


――事件が落ち着いて十年が過ぎて、今やさゆりも七十歳を超える年齢である。

しかし、人間の心根というものはそう簡単には変わらない。さゆりがいつから悪事に手を染めていたかは知る由もないが、いつかまた、さゆりが世間を賑わわせる日が来ないとも限らない。この間、竹内は新聞やネットを見るたび、宮澤さゆりという名前がそこにないか無意識に探すようになっていたが、今日までそれはなかった――。


そんな春まだ浅い二〇三二年二月二十四日、竹内が家で朝食を食べていると、突然、携帯電話が鳴った。相手は篠原であった。

「会長、ＮＨＫ見てますか！　すぐに見てください！」

篠原の声に慌てて竹内がチャンネルを変えると、ニュース映像が流れていた。

そこには、宮澤さゆりと岩村敬太の顔が映っていた！

ニュースの内容は、宮澤さゆりと共犯の岩村敬太が二〇二一年七月に七十八歳の会社経営者・椎名利明（しいなとしあき）氏を自殺を装って殺害しようとし、二億円の生命保険をだまし取ろうとした疑いで長野警察署に逮捕されたというものであった。

幸い、椎名氏は命に別状はなかったという。

さらに、宮澤さゆりには、過去に有罪となった横領事件以外に東京・八王子での二件の保険金殺人にも関与している可能性があるとも、アナウンサーは話していた。

警察署の前で撮影されたというテレビの映像には、両手に手錠をかけられて黒塗りのワゴン車の後部座席に乗り込む宮澤さゆりと岩村敬太の姿があった――。


（完）

金中毒人生 マネー・イズ・エブリシング　あなたの会社も狙われている⁉

2023年７月15日　初版第１刷発行

著　者　いずみ 源
発行者　瓜谷 綱延
発行所　株式会社文芸社
〒160-0022　東京都新宿区新宿１－10－１
電話　03-5369-3060（代表）
03-5369-2299（販売）

印刷所　株式会社フクイン

ISBN978-4-286-30074-0